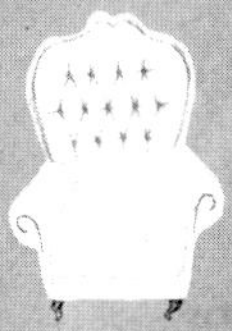

앉아 있는 악마

김민경 장편소설

비룡소

| 차례 |

1부

2부

3부

1부

실종 신고

빈속으로 버스를 타서인가, 속이 메슥거렸다. 오늘 기말고사가 끝났다. 마지막 날이라 두 과목만 시험을 치렀다. 무슨 정신으로 시험을 봤는지 모르겠다.

할머니가 집에 들어오지 않은 지 이틀째. 일요일 오후 집을 나선 뒤 오늘까지 할머니한테서는 아무런 연락이 없다.

할머니는 한 번도 나를 집에서 혼자 자게 한 적이 없었다. 그래서 일요일 밤을 꼬박 새우고 월요일 아침에 학교 가는 길에 파출소에 들러 실종 신고를 했다. 할머니와 십칠 년을 살았어도, 할머니와 연락이 끊긴 지난 이틀 동안 나는 병원과 성당, 파주 납골당 공원을 제외하고는 할머니가 가 볼 만한 곳을 알지 못했다.

버스 정류장에 내렸다. 집으로 가기 전 파출소에 들를 생각이다. 어제 실종 신고를 할 때 경찰한테 거짓말한 것이 있다. 경찰은 할머니 외에는 가족이 없느냐고 물었다. 나는 그렇다고 대답했다.

파출소 유리문이 내 마음처럼 무겁다. 한 손으로는 꿈쩍도 하지 않아서 두 손을 다 써서 밀었다. 마침 어제 신고를 받은 경찰이 앉아 있었다. 경찰은 한눈에 나를 알아보았다.

"학생, 잘 왔어. 안 그래도 전화하려던 참이었어. 이쪽으로 와서 앉아."

나는 할머니를 봤다는 신고가 들어왔나 싶어, 의자에 앉자마자 바로 물었다.

"할머니를 찾으신 거예요?"

"아니, 이제 찾아봐야지. 그런데……."

"이제 찾아본다고요? 그럼 지금까지 뭐하신 거예요?"

실종 신고한 지 하루가 더 지났다. 그런데 이제 찾아본다고? 그리고 저 무신경한 말투는 뭐지?

"고작 이틀밖에 안 지났어. 직업도 의사라며?"

"직업이 의사인 게 무슨 상관이에요? 한 번도 이런 적이 없었어요. 뭘 잊어버리거나 연락이 없었던 적이 없다고요. 빈틈이 없는 분이었어요. 삼십 분만 늦게 퇴근해도 전화를 하셨다고요!"

내 목소리는 갈수록 커지더니 마지막에는 소리를 지르다시피 말이 튀어나왔다. 경찰은 내 말을 무시하고 모니터만 들여다보았다. 나도 더는 말하지 않고 회색 책상만 뚫어져라 쳐다보았다. 그러다 경찰이 불쑥 물었다. 목소리 톤이 낮게 바뀌었다.

"가족이 할머니랑 학생 둘밖에 없는 거 맞아?"

나는 바로 대답하지 못했다.

"할머니 이름이 김정심이고, 주민등록번호가 440519-2＊＊＊＊＊＊ 맞지?"

"예? 예……, 맞아요."

"그런데 아들이 살아 있던데?"

"예, 아빠가 있긴 있어요."

"그럼 어제 신고할 때 말했어야지. 왜 그걸 이제야 말해?"

도리어 큰소리치네.

"오늘 말하려고 다시 온 거예요. 그리고 실종 신고는 접수되는 데 스물네 시간이나 걸리나 보죠?"

화를 꾹 눌렀는데도 빈정대는 투로 말이 나왔다. 왜 나는 늘 마지막에서 참지 못하는 걸까.

경찰이 모니터에서 고개를 돌려 나를 쏘아보았다. 눈매가 차가웠다. 분명 버릇없는 애라는 둥 이런 말을 운운할 테지.

"오늘은 제대로 다 얘기해. 남김없이."

뜻밖이다. 경찰이 다시 모니터로 눈을 돌리더니 물었다.

"아버지 이름이 뭐야?"

나도 모르게 두 손 주먹을 꽉 쥐었다.

"이—명—원."

목소리가 떨렸다. 태어나서 처음으로 아빠 이름을 불러 본다. 경찰서에서 아빠 이름을 처음 말하게 될 줄은 생각도 하지 못했다.

"아버지하고는 같이 안 살고?"

"예."

"그럼 아버지는 지금 어디 살아?"

"몰라요."

"진짜 모르는 거 맞아?"

"예. 저는 한 번도 만난 적이 없어요."

나는 더욱 단호하게 말했다. 경찰이 더는 아빠에 대해 물어보지 않길 바라면서. 물어도 아빠에 관해서는 아는 것이 없다.

"잠깐…… 이명원 씨 주민등록번호가……."

경찰은 책상 위에 놓인 서류를 보고는 바로 컴퓨터 자판을 두들겼다.

"이명원 씨 주소지가 다른 곳으로 나오는데 너는 몰랐니?"

나는 주소지가 다르다는 것이 무슨 뜻인지 한번에 알아차리지 못했다.

"주소지가 다르다는 게 무슨 말이에요?"

"아버지는 다른 데 산다는 거야. '마포구 상수동 419번지' 가 이명원 씨 주소야."

나는 경찰이 하는 말이 계속 이해되지 않았다.

"마포구 상수동요?"

"그래, 그 집은 안 가 봤어? 모르는 집이야?"

"예."

경찰은 고개를 돌려 잠시 모니터를 바라보았다.

"알았다. 일단 집에 가서 기다려."

경찰은 짧게 내뱉고는 자리를 떴다.

마포구 상수동이면 어디쯤인가?

머리가 멍해져서 파출소를 나왔다. 집이 또 있다고? 그럼 아빠는 거기 사나? 여기가 서대문구니까 마포구면 옆 동네잖아. 그렇게 가까운 데 살고 있었단 말이야? 그런데 왜 한 번도 오지 않은 거야……. 궁금한 것들이 머릿속에 마구 쏟아졌다.

집에 와서 할머니 방에 들어가 앉은뱅이책상 옆에 기대앉았다. 아무 생각이 나지 않았다. 그런데 배에서 꼬르륵 소리가 났다. 그제야 오늘 아무것도 먹지 않았다는 걸 알았다.

부엌으로 가서 냄비를 가스레인지에 올렸다. 불을 켜고 뚜껑을 열어 보니 딱 한 번 먹을 분량의 미역국만 남아 있었다. 할머니가 끓여 준 마지막 미역국일지 모른다는 생각이 불현듯 들었다. 나는 머리를 마구 흔들었다.

'나쁜 생각은 하지 않는 게 좋아. 할머니가 그랬잖아. 좋은 생각만 하라고.'

할머니는 입버릇처럼 늘 말했다. 좋은 생각만 하라고. 좋은 생각, 좋은 말만 하고 살기에도 평생이 모자란다고. 삶은 금방 지나간다고.

미역국에 밥을 말아 꾸역꾸역 먹었다. 들깨를 풀어 국물을 끓인 건데도 고소한 맛이 느껴지지 않았다.

빈 국그릇과 숟가락, 빈 냄비를 담으니 개수대가 꽉 찼다. 어제부터 설거지를 하지 않았다. 경찰에서 연락이 오길 기다리는 수밖에 없나? 무척 답답했다. 설거지를 끝내고 파출소에 다시 가 보기로 하고 수세미에 세제를 묻혔다.

그릇들을 헹구기 시작했을 때 휴대전화가 울렸다. 싱크대에 걸린 수건에 손을 대충 닦고 식탁 위에 둔 휴대전화를 집어 들었다.

"얼른 파출소로 가!"

아까 그 경찰 목소리였다. 좀 다급하다.

"예?"

"얼른 파출소로 가라니까. 경찰차가 대기하고 있으니까 그거 타고 이쪽으로 와!"

경찰은 말을 끝내자마자 바로 전화를 끊었다.

나는 신발을 신고 파출소로 달리기 시작했다. 한낮 뜨거운 햇볕이 속을 더 타게 만들었다.

곧장 파출소로 들어가려는데, 빵— 빵— 자동차 경적 소리가 들렸다. 멈춰 섰어도 땀이 나고 숨이 차서 어느 쪽에서 소리가 나는지 돌아보지 못했다.

빵빵! 자동차 경적 소리가 한 번 더 나더니 "학생 이쪽이야. 얼른 타!" 하는 목소리가 들렸다. 그제야 길가에 서 있는 경찰차가 눈에 띄었다. 방향 지시등이 깜빡거리고 있었다.

처음 본 경찰이 혼자 운전석에 앉아 있었다. 달려가 조수석 문을 열고 앉았다. 문을 닫고 있는데 차가 출발했다.

잠시 뒤 동교동 로터리가 나왔다. 교통신호에 걸리자 경찰이 경광등을 차 위에 올리고 사이렌을 틀었다. 녹색 불이 켜지자마자 경찰차는 거칠게 달리기 시작했다. 나는 오른손으로 손잡이를 잡았다. 아무것도 물을 수 없었다. 경찰 역시 아무 말도 하지 않았다. 침묵 속에 사이렌 소리만 진동했다. 나는 입술을 앙다물었다.

금세 홍익대학교 정문을 지났다. 얼마 가지 않아 지하철역이 보였다. 상수역이었다.

'아, 여기가 상수동이구나. 집에서 정말 가깝네.'

상수역을 지나서 좌회전을 했다. 좁은 언덕길을 오르자마자 차가 멈추었다. 운전하던 경찰을 따라 나도 차에서 내렸다. 경찰은 왼쪽으로 나 있는 골목길로 뛰어갔다. 저 앞에 큰 은행나무가 있는 집이 보였다.

나의 할머니

좁은 철 대문은 열려 있었다. 마당으로 들어서니 집 앞으로 쳐진 빨간 테이프가 맨 먼저 보였다. 파란 지붕을 얹은 낡은 벽돌집이다. 현관이며 마루 창문이며 다 열려 있어서 꼭 도둑 든 집 같았다. 그리고 이상한 냄새가 났다. 나와 같이 온 경찰을 따라 허리를 숙여 빨간 테이프 밑으로 들어갔다.

현관을 들어서자마자 할머니의 나지막한 등이 보였다. 나도 모르게 왼손으로 코를 꽉 막았다. 좁은 집 안에 악취가 가득해서 숨을 쉬기가 힘들 정도였다. 내가 이제껏 맡아 보지 못한 냄새였다. 하지만 무슨 냄새인지 알아차리는 순간, 코에서 손을 뗐다. 심한 악취는 할머니한테서 나고 있었다.

할머니는 일요일 오후, 외출할 때 입은 차림 그대로였다. 소매와 칼라에 연두색 라인이 들어간 흰 블라우스와 녹색 주름치마. 할머니는 동그란 탁자에 엎드려 있었다. 나는 할머니에게

다가갈 수 없었다. 발이 움직여지지 않았다.

"형님, 여름이라 냄새가 장난 아니네요."

같이 온 경찰이 먼저 와 있던 경찰에게 말했다.

"구급차 불렀어?"

"아, 깜박했네."

"얼른 불러, 옮기게."

경찰 목소리가 그제야 들렸다. 나는 신발을 벗고 마루로 올라섰다.

"집에 사람이 살고 있었던 것 같지는 않아. 출입 흔적도 없고."

"형님이 다 둘러본 거죠?"

"어, 구급차만 오면 돼."

"검시관은 병원으로 바로 온대요?"

"어, 병원서 보기로 했어. 학생, 이 집에 처음 와 본 거지?"

실종 신고를 받았던 경찰이 갑자기 나에게 물었다.

"예."

나는 짧게 대답했다.

"아휴, 더는 못 있겠다. 숨을 쉴 수가 없네."

나와 같이 온 경찰이 마당으로 나 있는 창 문턱을 넘어 마루에서 나갔다. 그 경찰은 신발을 신고 있었다.

나는 할머니 옆에 앉았다. 할머니 얼굴을 보고 싶었다. 할머니는 눈을 뜬 채 가만히 있었다. 나는 할머니를 보고 있는데 할머니는 어디를 보고 있는지 모르겠다. 나도 모르게 "할머니." 하고 튀어나왔다. 할머니는 말이 없다. 내 손이 닿으면 문득 깨어나지 않을까……. 나는 할머니 뺨을 만졌다. 물기가 빠져나간 할머니 뺨은 뻣뻣하지 않고 물렀다. 왼손 손바닥을 할머니 두 눈 위에 갖다 댄 뒤 힘을 주면서 아래로 쓸어내렸다. 손을 떼야 하는데 그러지 못했다. 손을 뗐을 때 할머니 눈이 감겨 있으면 정말 돌아가신 거니까.

잠시 그러고 있다 천천히 손을 들었다. 할머니 눈은 감겨 있었다. 할머니는 눈을 뜨지 않았다. 나는 울컥했다. "할머니." 하고 불러 보았다. 할머니는 말이 없다. 다시 한 번 "할머니." 하고 불렀다. 그리고 할머니 등을 짚고 조금 흔들어 보았다. 할머니는 대답도, 미동도 없다. 그제야 할머니 표정이 보였다. 할머니는 슬퍼 보이지 않았다. 두려워하는 것 같지도 않았다. 무슨 연유에서인지 머릿속에 '안도감' 이라는 낱말이 떠올랐다. 할머니는 평온해 보였다.

어디에선가 사이렌 소리가 나기 시작했다. 구급차가 오고 있는 것이다. 실종 신고를 받았던 경찰이 밖을 내다보더니 창 문턱을 넘어 마당으로 나갔다. 그 경찰도 신발을 신고 있었다.

사이렌 소리가 크게 들리더니 철 대문 열리는 소리가 들렸다. 잠시 뒤 마스크를 쓰고 하얀 가운을 입은 남자 두 명이 들것을 들고 들어왔다. 구조 대원들이 마루에 들것을 폈다. 들것은 좁고 짧았다. 나는 주춤주춤 뒤로 물러나 앉았다.

구조 대원 한 명은 두 팔을 할머니 어깨 밑으로 넣어 받치고 다른 한 명은 종아리를 잡았다. 할머니는 천천히 들것 위에 옮겨졌다. 할머니는 자그마했다. 구조 대원이 하얀 천을 덮기 시작했다. 발과 머리까지 다 덮었다.

나는 꾸역꾸역 울음을 삼켰다. 현관으로 들것이 나갔다.

"학생, 이제 가야지."

차를 같이 타고 온 경찰이 말했다.

들것이 대문을 나가는 것이 보였다. 눈물이 마구 흘렀다. 현관 쪽으로 가다가 탁자 옆에 놓인 할머니 손가방을 보았다. 가방을 들고 현관을 나섰다.

경찰은 이미 구급차에 타고 있었다. 내가 올라타자 차가 바로 출발했다. 다시 사이렌이 켜졌다.

"그 가방 할머니 가방이지?"

"예."

"이리 줘 봐. 다시 한 번 보게."

경찰은 내가 대답하기도 전에 낚아채듯 가방을 가져갔다. 가방 안에 든 걸 꺼내더니, 집 열쇠와 『매일미사』 책, 미사보 주머니는 도로 넣고 지갑은 열어 보았다. 고등학교 입학식 날, 할머니와 같이 찍은 사진이 보인다. 내 허락 없이 지갑을 연 것이 기분 나빠 한마디 하려는 찰나, 경찰이 지갑을 닫더니 가방 속에 넣었다.

"주위에 어른 없어? 가까운 친척은 있을 거 아냐?"

경찰이 가방을 돌려주며 물었다.

"연락하고 지내는 친척 없어요."

나는 짧게 대답하고 구급차 바닥만 내려다보았다. 거기 있는 누구와도 눈을 마주치고 싶지 않았다. 하얀 천으로 덮인 할머니는 더더욱 볼 수 없었다.

"그럼, 담임이라도 불러. 아니 담임한테 전화해서 나 바꿔 줘."

어른이 꼭 있어야 하는지 순간 의문이 들었지만 경찰과 더는 말하고 싶지 않았다. 경찰도 구조 대원들도 할 일을 다 했다. 그렇지만 태도는 사무적이었고 목소리는 건조했다.

무면허 운전

내가 특별히 자동차를 좋아한 것은 아니었다. 운전대를 잡고 싶다는 생각을 해 본 적도 없다. 작년 고등학교 입학하고 한 달쯤 지났을 때였나, 할머니가 고등학생이 됐으니 운전할 줄 알아야 한다며 나에게 운전을 가르칠 사람을 붙여 주겠다고 했다. 할머니가 워낙 당연한 것처럼 말해서, 나도 운전면허를 따야 하는구나 싶었다.

그런데 난 십 대. 운전면허는 열아홉 살이 되어야 딸 수 있는 거잖아, 그리고 그전에 필기시험도 봐야 하는 거 아닌가.

"할머니, 나 열일곱 살이야."

"고등학생 된 기념으로 운전 가르쳐 주려는 거야."

"면허를 따야 운전할 수 있잖아."

"면허는 고3 때 따고 지금은 운전만 좀 배워 놔."

할머니 성격에 더 물어봤자 대답하지 않을 것이고, 또 내 또

래 아이들은 하지 못하는 운전을 해 보는 것도 재미있겠다 싶었다.

운전을 가르쳐 줄 아저씨는 할머니 성당 친구의 조카뻘쯤 되는 친척이라고 했다. 일요일 아침마다 두 시간씩 두 달을 배웠는데, 아저씨는 할머니 친구한테서 들은 말이 있는지 내 나이가 몇이냐, 면허는 언제 땄느냐, 이런 것은 묻지 않았다.

문제는 한 달이 지나 우리 집 차로 갈아탔을 때였다. 일단 아저씨 차와 우리 집 차는 차종이 다르다. 비슷한 소형차인데도 차종이 달라서 그런지 차 내부가 좀 달랐다. 그래서 다시 처음부터 운전을 배우는 것처럼 여러 가지가 낯설었다.

아저씨는 말하자면 첫날만 이론 수업을 삼십여 분 하고 바로 실전에 들어갔다. 브레이크와 액셀러레이터 구분이 가장 기본이었다. 그리고 핸들에 관한 것. 조금만 방향을 틀어도 차는 크게 움직인다는 것. 그리고 방향 지시등과 라이트 켜는 법, 와이퍼 작동법, 연료 계기, 냉각수, 태코미터가 있는 계기판, 비상 경고등 스위치, 에어컨, 실내등, 트렁크, 주유구 스위치, 뒷유리 전열선 스위치, 안개등 스위치……. 무슨 스위치들이 그렇게 많은지. 할머니 말대로 수첩을 가져온 게 다행이었다. 아저씨는 수첩과 볼펜을 꺼내드는 나를 잠시 의아하게 보더니 하던 설명을 계속했다.

그날 저녁을 먹고 수첩을 다시 들여다보면서 머릿속에 차 내부를 하나하나 떠올려 보았다. 그리고 잠들기 전에도 침대에 누워 천장에 차 내부를 그려 보았다. 조수석에 앉아 할머니가 운전하는 것을 많이 봐 왔기 때문에 '뭐, 할머니도 하는데, 나는 더 쉽게 배우겠지.'라고 생각했다. 하지만 나와 할머니 목숨이 달려 있다 생각하니 간단한 게 아니었다. 완전히 다 외워야 운전을 잘할 수 있을 것 같았다. 하지만 한 달이 훌쩍 넘었어도 나는 완벽하게 차를 장악하지 못했다.

우리 집 차로 갈아탔을 즈음 미술실에서 자동차 설명서를 들여다보던 나를 미정이가 보았다. 사실 내가 운전하는 것은 불법이니까 아무한테도 말하지 않을 생각이었다. 아마 들키지 않았으면 미정이한테도 말하지 않았을 것이다.

"할머니가 시켜서 나 요즘 운전 배워."

나는 미정이가 "네가 어떻게 운전하냐? 면허도 없는데?"라고 말할 줄 알았다. 그런데 미정이는 "역시 너희 할머니 정말 멋지다."라고 말했다. 미정이다운 반응이었다. 나와 할머니밖에 없는 가족, 할머니의 독특한 성격을 아무렇지 않게 여기는 건 미정이밖에 없다.

"처음엔 쉬울 줄 알았는데, 그게 아냐. 무섭더라고."

"나중에 꼭 태워 주기다."

미정이는 겁이 없다.

"난 우리 할머니도 못 태울 것 같은데?"

"좋겠다. 우리 엄마도 김정심 여사님 반의반만 돼도 좋겠다."

"그 김정심 여사님, 요즘 내가 운전 연습 나갈 때마다 실실 웃어. 알잖아, 우리 할머니 잘 웃지 않는 거. 그런데 나한테 운전 배우게 하는 게 즐겁나 봐. 꼭 재미난 구경 하는 것 같다니까."

운전을 배운 지 두 달쯤 되어서야 비로소 두려움이 조금 사라졌다. 그날은 서울 한복판에 있는 팔각정에 갔다. 우리 집에서 그리 멀지 않았지만, 팔각정까지 오르는 길은 내가 세상에서 만난 가장 꼬불꼬불한 길이었다. 길이 구부러지는 각도에 맞춰 왼쪽 오른쪽으로 핸들을 돌리기 바빠 앞이고 옆이고 볼 겨를이 없었다. 그리고 경사가 얼마나 가파른지, 운전석에 붙이고 있던 등이 점점 뜨더니, 나중에 도착했을 때는 몸이 핸들에 거의 붙어 있다시피 했다.

팔각정에 도착하니 아침 8시 40분. 차에서 내려 겨우 숨을 돌렸는데 아저씨가 바로 내려가자고 했다. 아저씨 말에 발걸음도 무겁게 다시 차에 올랐다. 산이든 언덕이든 오르막이 힘들고, 오르막이 있으면 내리막이 있는 법. 인생의 굴곡을 제외하고는 오르막보다는 내리막이 더 반가운 게 당연하다. 나 또한 차에 타고 시동을 걸었을 때, '내려가는 건 좀 쉽겠지.' 라고 생각했다. 하지만 이상하게도 내려가는 길은 더 정신이 없었다. 팔에는 힘이 잔뜩 들어갔고, 중앙선은 대놓고 침범했다. 아저씨는 아예 말이 없어졌다. 평지에 도착하자 아저씨가 한숨을 쉬며 말했다.

"후유, 사람들 많았으면 여럿 죽였겠다."

"그러게요. 아침이어서 얼마나 다행인지 모르겠어요."

나는 기죽거나 죄송해하거나 그러고 싶지 않았다. 정말 최선을 다해 운전을 배우고 있으니까. 아저씨는 내가 너무 태연하게 대꾸해서 기분이 나빴던 것일까.

"웬만큼 하는 것 같아서 여기 데리고 왔는데 뭐냐, 십년감수했다. 다음 일요일이 마지막 시간인데, 이래서 운전하겠냐?"

"이렇게 심하게 휜 S자 도로는 없잖아요. 그러니까 괜찮을 것 같아요."

"너만 괜찮으면 뭐하냐? 도로 전세 내고 너 혼자 운전하냐? 그리고 S자든 T자든 우리나라 도로들이 얼마나 거친데, 이래 가지고야……."

"아저씨, 걱정 마세요. 진짜 면허 딸 때까지 할머니가 저 장거리 운전 시키겠어요? 고작 집 근처일 텐데요, 뭐."

"뭐? 면허를 딴 게 아니었어?"

"모르셨어요? 저 면허 없어요. 아직 고등학생인데요."

"뭐? 근데 왜 말 안 했냐? 아니 고등학생이 왜 운전하냐?"

"할머니가 하라고 해서 배우게 됐어요. 저는 아저씨가 아는 줄 알고 말 안 한 건데……."

"아이고, 휴……."

아저씨는 책임감이 강한 분인지, 아니면 양심적인 분인지, 예정된 시간이 지나고도 세 번이나 더 운전을 가르쳐 주었다. 마지막 수업 날 아저씨는 집에 운전할 줄 아는 사람이 있는지 물었다. 할머니가 운전하신다고 했더니 휴대전화 번호를 알려 주면서 혹시라도 운전하다 무슨 일이 생기면 전화하라고 했다. 경기도 일산에 사는 아저씨가 서대문까지 오려면 시간이 꽤 걸릴 텐데. 그래도 마음 써 주는 것이 감사했다. 석 달 가까이 운전을 배운 덕에 운전석에 앉으면 여전히 긴장은 되었지만, 덜 무서웠다. 그리고 언제 혼자서 첫 운전을 하게 될지 은근히 그 시간이 기다려졌다.

마지막 사진

어느 일요일 이른 아침, 할머니를 차에 처음 태우고 운전했다. 할아버지가 계신 파주 납골당 공원에 가기로 한 날이었다. 병원을 나가지 않는 일요일 아침, 할머니는 늘 8시쯤 일어났다. 그런데 그날은 일찍 일어나서 7시쯤 문을 나섰다. 나에게 운전대를 맡겨 보려 했기 때문이었다. 엘리베이터 앞에서도 잠이 깨지 않았는데, "지원이, 네가 운전해라." 하는 할머니 말에 잠이 확 달아났다.

막상 조수석에 할머니가 있으니 무척 긴장되었다. 일요일마다 두 달간 운전한 차였는데도 낯설고 어색했다. 룸미러와 사이드미러를 조정하는 데도 시간이 걸렸다. 급기야 사이드브레이크도 내리지 않고 액셀러레이터를 밟았다. 할머니는 "내가 없다고 생각하고 운전해 봐." 하고는, 내 오른손을 잡아 사이드브레이크 위에 놓더니 내려 주었다. 그제야 나는 숨을 들이마셨다가 내쉬면서 핸들에 손을 올릴 수 있었다.

여름 아침, 하늘은 무척 깨끗했고 모든 것이 선연했다. 할아버지가 계신 공원의 푸른 잔디까지 날 기분 좋게 해 주었다. 차가 거의 없는, 널찍널찍한 주차장에 차를 대고 내렸을 때 할머니가 말했다.

"제법 하는구나. 아저씨가 잘 가르쳐 줬네."

나는 기뻐서 저 건너편에 있는 할아버지 납골당까지 훽 날아갈 것 같았다. 할머니는 웬만해서는 칭찬을 하지 않는다. 할머니한테서 칭찬을 들은 데다 파주까지 무사히 와서 정말 기분이 좋았다.

돌이켜 보니 작년부터 할머니는 몸이 예전 같지 않다고 종종 푸념을 했다. 할머니는 십 년 넘게 일주일에 세 번씩 꼭 수영을 다녔다. 내 기억으로 한 번도 빠진 적이 없다. 예순을 훌쩍 넘기고도 산부인과 병원 일을 유지할 수 있는 건 수영으로 다진 체력 덕이라고 생각한다. 산에 가면 십대인 나보다 할머니가 산을 더 잘 타니, 할머니 건강은 전혀 걱정거리가 아니었다.

그런데 작년 봄, 일본 손님들이 다녀간 뒤로 할머니는 종종 수영 강습을 빠졌고, 내가 할머니 다리나 어깨, 등을 주무르는 횟수가 많아졌다. 열일곱과 열여덟의 차이는 열여섯과 열일곱의 차이와 비슷한데, 예순다섯과 예순여섯은 많이 다른가 보다.

그래도 나에게 할머니는 언제나 곱고 아름답다. 특히 고등학교 입학식 날 할머니 모습은 지금도 선명하다. 그날 할머니는 한껏 멋을 부리고 왔다. 같은 중학교 출신이 아닌데도 미정이와 1학년 때부터 친하게 된 건 순전히 할머니 덕이다. 입학식 날, 미정이는 우리 할머니를 보고 '저렇게 살아야지.' 했단다. 저렇게 멋지게, 저렇게 당당하게. 나랑 같은 반이 되었을 때, 처음 했던 말이 "너네 엄마 정말 멋지더라."였다.

내가 봐도 입학식 날 우리 할머니는 정말 멋있었다. 세련, 그 자체였다. 목에서부터 가슴께까지 갈색 단추가 붙어 있고, 연두색 물방울무늬가 프린트된 흰 블라우스에다 감색 투피스를 입었다. 그리고 끝에 연두색으로 포인트를 준 연갈색 머플러를 두르고, 코에 주름이 잡힌 검은 구두를 신었다. 굽이 이삼 센티미터인 구두를 신는 보통 때와는 달리, 그날은 오 센티미터나 되는 구두를 신었다. 옷도 구두도 모두 처음 보는 거였다. 또 머리를 하러 그날 아침에 미장원까지 다녀왔다. 자연스럽게 컬이 들어간 단발머리가 산뜻해 보였다. 그리고 화장한 얼굴에 갈색 아이라이너로 눈을 따라 그리고 회색과 연두색 아이섀도로 포인트를 주고는 적갈색 립스틱을 발랐다.

할머니는 그날 기품 있고 단아했다. 걸음걸이도, 말투도, 서 있을 때의 자태도 정말 눈에 띄게 우아했다. 1학년 때 담임도 내가 늦둥이 딸인 줄 알았다니 뭐…….

그날 그렇게 우아하게 차려 입고 온 할머니에게는 다른 계획이 있었다. 입학식을 마치고 학교에서 나오는데 사진관에 가자고 했다. 고등학교 입학 기념으로 사진을 찍자면서. 왜 어른들은 촌스럽게 사진관에서 사진을 찍나, 가는 내내 투덜댔다.

사진관에 도착해서 둘이 긴 의자에 앉아 같이 사진을 찍었다. 그래도 막상 카메라 앞에 앉으니 씩 웃음이 지어졌다. 그런데 할머니는 독사진도 하나씩 찍자고 했다. 나는 슬슬 짜증이 나기 시작했다. 배도 고팠다. 할머니한테 자기 혼자 예쁘게 꾸며 와서 사진 찍자고 하는 건 반칙이라고 했다. 나는 처음 입은 교복이 칙칙한 자주색이라 참 싫었는데, 할머니는 한껏 멋을 부리고 왔으니 말이다.

내가 그러거나 말거나 할머니는 등받이가 있는 의자에 앉아 부드럽게 웃으며 독사진을 찍었다. 그날 찍은 독사진 속의 나는 새치름한 표정으로 뚱하게 앉아 있다.

일본에서 온 손님

모든 변화는 그날 이후에 생겼다. 할머니가 나에게 운전을 배우게 한 것도, 부엌일을 하게 한 것도, 내 앞에서 담배를 피운 것도. 그리고 차갑고 깐깐하게 행동하지 않는 것도.

고등학교 입학하고 며칠 되지 않았을 때였다. 집에 오니 손님이 와 계셨다. 어떤 할머니와 남자 어른이었는데, 병원에 있을 시간에 할머니가 집에 있어서 놀랐지만 우리 집에 손님이 온 것에 더 놀랐다.

할머니는 나를 보더니 조금 당황했지만, 차분한 목소리로 인사하라고 말했다. 인사를 하고 내 방으로 가려는데 할머니가 옆에 앉으라고 했다. 이번에는 내가 좀 당황했다. 할머니가 일본어로 그분들과 말했기 때문이다. 할머니가 교토에서 공부했다는 건 알았어도 일본어로 말하는 건 처음 보았기에 더 당황스러웠다.

"옆모습이 할아버지를 닮았다고 하는구나."

일본 할머니가 말하자, 할머니가 우리말로 옮겨 주었다.

이번에는 할머니가 일본어로 말하더니 우리말로 나에게 말했다.

"네 아빠가 할아버지를 꽤 닮았거든."

"아, 예……."

그 자리가 꽤나 어색했다. 더구나 일본인 손님 두 분은 나를 계속 빤히 바라보았다. 마침 전화벨이 울려서 내가 받았는데, 콜택시가 왔다는 전화였다. 할머니가 두 분에게 말했고 두 분은 곧 자리에서 일어났다.

택시에 오르기 전 일본인 할머니와 우리 할머니는 두 손을 맞잡았다. 아무 말도 없었다. 그러더니 거의 동시에 두 분이 눈물을 흘리기 시작했다. 남자가 일본인 할머니를 부축해서 택시에 태웠다. 할머니는 눈물을 훔치고는 택시 운전사에게 "인천 공항으로 가 주세요."라고 말했다.

집에 들어와서 보니 거실 테이블 위에 작은 나무 상자가 하나 있었다. 할머니는 소파에 앉아 그 상자를 무릎 위에 얹었다. 나는 찻잔을 싱크대로 가져가 물에 헹궜다.

손을 닦고 있는데 할머니가 말했다.

"할아버지 유해다. 할아버지 부인과 아들이 직접 들고 왔어. 죽어서는 내 옆에 있고 싶다고 했다는구나. 유언이 그거 하나였

대. 이렇게 일찍 떠날 줄은 몰랐는데."

나는 그날 밤 할머니 옆에서 할머니의 처음이자 마지막 사랑 이야기를 들었다. 할머니의 과거든, 내 부모의 과거든, 여하튼 과거 이야기를 들은 건 그날이 처음이었다.

"그런데 할머니, 정말 한국에 온 뒤로 한 번도 할아버지를 만난 적이 없어?"

"응."

"보고 싶었을 거 아냐."

"처음엔 보고 싶었지. 한국에 와서 집에서 쫓겨나다시피 나온 뒤로는 살기 바빴어. 병원 다니랴 네 아빠 키우랴, 정말 그때는 사느라 정신없었다. 애가 예쁜 줄도 모르고 그저 살기 바빴지."

"그럼, 아빠는 할아버지를 만난 적이 없겠네?"

"응……. 외국 나가 있는 걸로 해 뒀다가 중학교 3학년 올라가던 쯤인가 사실대로 얘기해 줬다. 생각보다 충격을 받거나 그러지는 않았던 것 같은데, 모르지 내가 그 속을 어찌 아누……."

"할아버지도 할머니를 찾지 않았어?"

"주소는 알려 왔었다. 대학에서 미술을 가르쳤는데, 두 번인가 학교 주소를 적어 보냈었어."

"주소만?"

"응. 이 집으로 이사 왔을 때, 나도 주소는 한 번 알렸다. 네 사진도 한 장 같이 보냈어. 그리고 그 전에 딱 한 번 네 아빠가 초등학교 입학할 무렵이었나, 사진을 보낸 적이 있다."

"할아버지 외에 다른 사람을 사랑하지는 않았어?"

"사랑? 아이고, 하하……."

할머니가 갑자기 너털너털 웃었다.

"왜, 웃어? 할머니는 능력 있고 멋지잖아. 관심 있어 하는 남자들이 많았을 것 같은데?"

"글쎄……."

그전까지 천장을 보고 반듯하게 누워 이야기하던 할머니가 모로 누워 내 머리를 쓰다듬고 귀 뒤로 옆머리를 넘겨 주었다. 무척이나 오랜만에 느껴 보는 할머니 손길이었다.

"딱 한 번 동료 의사 소개로 어떤 분과 저녁을 먹은 적이 있어. 한국에 온 지 오 년쯤 되었을 때였나, 저녁 먹고 헤어져 집으로 돌아오는데 참 쓸쓸하더라. 교토의 그 사람이 사무치게 보고 싶을 때도 아니었는데, 막상 다른 남자를 만나니 그 사람 생각이 났다. 더는 깊이 있는 연애를 못하겠구나, 이런 생각이 들었어. 나한테는 그 사람이 처음이라서 그랬는지 모르겠지만, 여전히 그 사람이 내 옆에 있는 것 같았다. 그 사람과 함께했던 시간, 그것만으로도 충분하다고 생각했어. 더구나 그 사람을 똑 닮은 네 아빠가 있었잖니……."

"왜 하필 그분이었어? 결혼 안 한 남자가 얼마나 많은데……."

"그러게 말이다. 그런데 단 한 번도 후회한 적 없다. 그 시간을 다시 산다 해도 그 사람을 사랑했을 거야."

"할아버지 어떤 점이 좋았어?"

"글쎄, 하도 오래돼서……. 그 사람하고 있으면 영혼이 편해지는 것 같았어."

"영혼이 편해져?"

"그래, 나중에 너도 경험해 봐."

누군가를 사랑한다는 게 어떤 걸까. 과연 내가 한 사람을 온전히 사랑할 수 있을까.

"네가 이만큼 컸구나. 할미 속 얘기도 들어줄 나이가 됐네."

"옛날 같으면 결혼해서 자식도 있을 나이야. 더는 애가 아니라고요, 김정심 여사님!"

겸연쩍었지만 나는 오랜만에 할머니 품속을 파고들었다.

"잘 자라 줘서 고맙다. 네 아빠 없인 살아도 너 없인 못 살았을 거야. 네가 있어서 여태껏 살았지……. 네가 없었으면 어찌 됐겠나 싶다."

할머니는 이렇게 말하면서 한동안 내 등을 토닥여 주었다.

다음 날 할아버지를 파주 납골당 공원에 모셨다. 이런 일이 있을 줄 미리 알기라도 한 것처럼 할머니는 파주에 봐 둔 납골당 공원이 있다고 했다. 할아버지 유골이 봉안된 단의 옆 단까지 사 두었는데, 그곳은 할머니 자리였다.

안치 절차가 다 끝나고 할아버지 유골함 앞에서 할머니가 말했다.

"내가 죽으면 어디 가야 하나, 요즘 들어 그런 생각을 종종 했다. 그 사람이 내 묻힐 곳을 마련해 준 셈이네."

할아버지 유골함을 바라보는 할머니 눈에 눈물이 고였다. 나는 눈길을 돌려 유골함 옆에 있는 사진을 보았다. 연애할 때 할아버지와 같이 찍은 사진이라고 했다. 사진 속 두 분은 은은하게 웃고 있다. 할머니는 발걸음을 떼지 못했다. 그런 할머니를 보며 한 번도 본 적은 없지만 할아버지가 부디 편히 계시기를, 그리고 할머니를 오래도록 지켜봐 주시기를 간절히 바랐다.

슬픔보다 더 긴 것은 없다

냄비를 가스레인지 위에 올려놓았다. 생수병을 들고 들이부었다. 이 리터 생수병의 절반쯤이 냄비에 가득 찼다. 불을 켰다.

옆에 있는 프라이팬에도 불을 켰다. 할머니는 기름을 두르지 않은 프라이팬에 멸치를 볶은 다음 국물을 우려내야 비린내가 나지 않는다고 했다.

느릿느릿 주걱으로 멸치를 볶으며 생각했다.

'국물 한 번 낼 것만 남았네.'

할머니 장례가 끝나고 집에 들어앉았다. 집 밖에 나가기가 싫었다. 나갈 일도 없었다. 타이밍이 좋았다. 열흘 정도 뒤면 여름 방학이었고, 만삭이던 담임은 기말고사 감독을 하다가 진통이 와서 급하게 출산 휴가에 들어갔다.

면 거름망에 볶은 멸치와 표고버섯을 넣는다. 양파는 생략이다. 양파를 다용도실에서 가져오긴 했는데 껍질 벗겨 내기가 귀찮았다. 무도 생략이다. 도마 위에 무를 올려놓고 칼을 댔지만 들어가지지 않았다. 손목에 힘을 주다 칼을 내려놓았다. 힘이 없었다. 양파나 무를 넣지 않는다고 국물 맛이 크게 달라지랴 싶었다. 또 국물 맛이 좀 다른들 뭐 어떠랴 싶었다.

다시마는 다른 거름망에 따로 넣었다. 할머니는 다시마에 묻은 소금기를 꼭 씻으라고 했다. 안 그래도 한국인은 염화나트륨을 많이 섭취한다고. 하지만 그러지 않았다. 다 귀찮았다.

물이 끓는다. 냄비에 거름망들을 넣고 뚜껑을 닫았다. 타이머를 돌려 5에 맞춰 놓았다.

습관이란 무섭다. 살림을 배운 뒤로 내가 끓인 멸치다시마 국물을 합치면 얼마나 될까. 대중목욕탕의 작은 탕 정도는 될 것이다. 할머니는 멸치다시마 국물을 떨어지게 하는 법이 없었다. 할머니 말로는 이거 하나만 있으면 국은 물론이고 웬만한 반찬도 손쉽게 만들 수 있단다. 다시마는 끓는 물에 오 분 정도만 우려내고 건져야 한다. 그 이상이 되면 다시마 표면이 오돌토돌 올라오면서 쓴맛이 우러난다고 했다.

부엌일을 거들게 된 뒤로 나도 멸치다시마 국물을 떨어지게 하지 않았다. 할머니가 돌아가신 지금도 마찬가지다. 반찬을 할 여력은 없어서 밥과 국만 해서 먹고 있다.

미정이가 집에서 반찬 몇 가지를 갖다 주었지만 먹히지 않았다. 평소 같으면 무지 좋아하며 먹었을 텐데. 오직 밥과 국. 밥과 멸치다시마 국물로 만든 국만 조금 들어갔다. 그래서 내 일과 중 멸치다시마 국물 내기는 가장 중요한 일이 되었다. 아니 내가 하는 유일한 행위였다.

따르르릉. 타이머가 운다. 냄비 뚜껑을 열어 다시마가 든 거름망을 건져 개수대로 옮겼다. 거름망에서 국물이 뚝뚝 떨어졌다. 뚜껑을 닫고 약불로 줄였다. 타이머를 다시 25에 맞춰 놓았다.

냉동실에서 북어 봉지를 꺼냈다. 원래는 풀어 놓은 달걀에 북어를 적신 뒤 끓는 물에 넣어야 한다. 하지만 이 과정도 생략한다. 멸치다시마 국물이 만들어지면 그 안에 북어를 넣고 끓일 것이다. 국물이 끓으면 계란을 깨뜨려 바로 넣고 대충 휘휘 저을 것이다. 미역국 끓이는 게 제일 간단한데. 어제저녁까지 먹은 미역국을 끝으로 미역이 떨어지고 없었다.

가스레인지 앞에 서서 생각한다.

나는 혼자다. 할머니가 남겨 준 돈이 좀 있고 지금 살고 있는 이 아파트도 있고 상수동 그 집도 있다. 하지만 나는 혼자다. '혼자'라는 건 내가 애써 노력하지 않으면, 내 편이 될 사람이 아무도 없다는 뜻이다. 내가 어디에 속해 있지 않으면 내 주위에는 아무도 없는 것이다. 남은 올해와 내년은 괜찮다. 학교에 가면 되니까. 하지만 졸업을 하면? 그 뒤로는 아무것도 모르겠다. 할머니는 이제 없다. 무얼 해야 할지 모르겠다. 끊임없이 생각을 하면 어떻게 살아야 할지 알게 될까? 생각의 끈을 놓치지 않으려고 나는 계속 먹고 있다. 혼자 있다 보니 먹는 일이 참 중요해졌다. 사는 일이 먹는 일 같았다. 할머니가 계실 때도 내가 식사 준비를 많이 했는데 그때와 지금이 다르게 여겨졌다. 내 끼니를 내 손으로 준비할 수밖에 없다는 사실이 서글펐다. 할머니 장례를 치를 때도 울지 않았는데, 내 입으로 들어갈 것을 만들면서 눈두덩이 뜨거워지다니.

베란다로 나가 그네 의자에 앉았다. 아파트인 우리 집에는 어울리지 않는 데다, 안 그래도 좁은 베란다를 반이나 차지해서 배달된 첫날 할머니한테 툴툴거렸다. 의자 위로 우산처럼 차양이 있어 답답해 보이기도 했다. 하지만 처음 앉았을 때, 내 몸을 감싸면서 받쳐 주던 포근한 느낌이 마음에 들었다. 차양 때문에 시야가 반쯤 가려 그 안에 앉아 있으면 꼭 숨어 있는 것 같기도 했다.

할머니는 그 의자에 앉아, 혹은 길게 누워 담배를 피웠다. 흡연량이 얼마나 되는지는 모른다. 내가 본 건, 자기 전에 한 대, 아침에 일어나서 한 대가 전부다. 차양이 있어, 옆 동에서도 앞 동에서도 이 안에서 뭘 하는지 보이지 않을 거라고 했다. 할머니는 담배 피우는 순간에도 동네 사람들의 이목을 신경 쓴 것이다.

나는 그네 의자의 등장으로 할머니가 흡연가라는 것을 처음 알았다. 워낙 자기 관리가 철저한 사람이라 몸에 좋지 않은 담배를 피운다는 게 놀라웠다.

그런데 이상하게도 나는 담배 연기 냄새가 좋았다. 옆에서 맡고 있으면 마음이 편안해졌다. 무엇보다 할머니는 담배를 피울 때 이십 퍼센트 정도 무장해제가 되는 듯했다. 오랫동안 궁금했던 것을 물으면 속 시원히는 아니지만 살짝 대답해 주기도 했다. 그래서 나는 할머니가 베란다로 나가면 바로 따라 나갔다.

그렇게 종종 앉아 있다 보니 손이 심심했다. 그래서 볼펜대를 손가락에 쥐고 담배처럼 물고 있곤 했다. 할머니처럼 집게손가락과 중지 사이에 볼펜을 깊숙이 끼우고 있다가 볼펜대를 입에 물고 좌우로 돌리다 떼며 후우 불었다. 할머니는 그런 나를 새치름한 눈으로 보다가 옅게 웃곤 했다.

올여름, 백 년 만의 더위라는데 더운 줄 모르겠다. 하루 종일 베란다와 부엌 창문을 열어 두어서일까, 외려 서늘할 때가 있다. 할머니가 돌아가시고 이 주일 넘게 계속 설사를 하고 있다. 밥을 먹으면 이내 화장실에 가야 한다. 설사를 하고 나면 온몸이 으슬으슬 싸늘하다. 그럴 때마다 얇은 이불을 몸에 둘둘 만다. 그러고 잠시 있으면 조금 따뜻해진다.

신기한 건 시간이 흐른다는 거다. 아무것도 하지 않는데 시간이 흐르는 거다. 먹기 위해 움직이는 것 빼고 집 안에서 앉아 있거나 누워 있거나 서성거릴 뿐인데도 어김없이 한낮이 되고 해가 지고 어두워진다.

볼펜대를 잡았다.

누가 알려 주면 좋겠다. 앞으로 어떻게 하면 되는지. 어떻게 살면 되는지.

후우— 헛 연기를 뿜어낸다.

개학하면 학교에 갈 수 있을까. 나 혼자 살아가는 게 가능할까. 아니아니, 개학 때까지 여름방학 동안 어떻게 해야 하나. 버틸 수 있을까. 아무도 없는 이 집에서. 24평은 할머니와 내가 살기 딱 알맞은 크기였다. 그런데 아무도 없는 빈집인 24평은 너무 넓다. 모든 게 낯설고 서늘하다.

후우—.

따르르릉 타이머가 울었다. 이제 가스레인지 불을 꺼야 한다. 그런데 움직이기가 귀찮았다. 좀 더 끓인다고 맛이 달라지는 것도 아니고.

후우—.

그저 앉아만 있다.

길은 언제나 문을 만든다

할머니 사인은 심장마비였다.

미정이한테 전화를 했다. 미정이와 미정이 엄마가 병원으로 왔다. 아주머니가 성당에 알려서 주임 신부님과 수녀님들, 할머니의 성당 친구분들이 장례식장에 왔다. 그분들이 조문객의 전부였다.

집에 돌아왔을 때 남은 것은 검안서와 할머니 손가방, 흰 블라우스와 녹색 치마, 그리고 납골 증명서였다. 경찰이 검안서를 가지고 주민센터에 가서 사망신고를 해야 한다고 알려 주었다. 할머니는 납골당을 분양 받을 때 돈을 모두 지불해 놓았다. 매년 내는 관리비 삼만 원도 자동이체를 해 두었다. 깔끔한 할머니다웠다. 끝까지, 끝까지…….

경기도 파주시

금촌3동 동원아파트

101동 908호

바지 주머니에서 그 쪽지를 꺼냈다.

장례를 마치고 집에 온 날 할머니 손가방에 든 것을 책상 서랍에 넣어 두려고 꺼냈을 때 『매일미사』 책 사이에서 이 쪽지가 떨어졌다. 스케치북 한 귀퉁이를 찢어 쓴 것이었다.

경찰한테 이 쪽지를 보여 줘야 하는지 잠시 고민되었다. 혹시 내가 모르는 또 무언가가 있을지 모르겠다 싶어 내일 파출소에 가야겠다고 생각했다. 하지만 막상 다음 날이 되자 집을 나가기가 싫었고, 그 내일이 자꾸자꾸 미뤄졌다.

나는 쪽지를 들여다보았다. 처음 보는 어른의 글씨체. 낯설지만 정갈하다. 급하게 적은 듯했지만 한 글자 한 글자 꾹꾹 눌러 썼다.

할머니처럼 매주 미사에 참석하지는 않았지만 미사에 갈 때마다 할머니와 같이 이 『매일미사』 책을 보았다. 할머니가 돌아가시기 일주일 전 미사에 갔을 때만 해도 이런 쪽지는 없었다.

'혹시 이 쪽지가 할머니 죽음과 무슨 관계가 있을까?'

아니다. 아니다. 할머니는 이런 쪽지 하나로 돌아가실 분이 아니다. 내가 아는 할머니는 그렇게 약한 분이 아니다.

그때 초인종 소리가 울렸다. 얼른 쪽지를 접어 주머니에 넣었다. 초인종 소리가 또 울리더니 쾅 쾅 쾅 문 두드려 대는 소리가 들렸다.

"이지원, 문 열어."

미정이었다.

"얼른 열어. 엄마가 끓여 준 죽 가져왔어."

나는 그네 의자에서 일어나 현관으로 느릿느릿 걸어가 도어락 오픈 버튼을 눌렀다.

"만날 소리를 쳐야 문을 열어 줘요."

미정이가 거실로 들어서면서 흘겨보았다.

"그러니까 도어락 비밀번호를 알려 줘. 나한테는 가르쳐 줘도 되잖아."

미정이가 식탁에 보온도시락을 내려놓았다.

"너 비밀번호 알면 시도 때도 없이 드나들 거잖아."

내가 컵에 생수를 따라 주면서 말했다.

"내가 자주 오는 게 싫어?"

"어, 싫어."

내가 바로 대꾸하자 미정이가 놀란 모양이다. 따따따다 말이 끊어지지 않는 애가 순간 말이 없다.

"너 거짓말 하는 거 다 표 나거든? 폼 잡지 마. 폼 안 잡아도 지금 너 충분히 안돼 보이거든?"

미정이는 놀란 게 아니었다. 역시 어떤 상황에서도 기죽지 않는다.

"사실대로 말해 봐. 내가 오는 게 정말 싫어?"

미정이가 물을 마시고 컵을 식탁에 내려놓더니 물었다.

"질문이 교묘하게 바뀐다. 네가 오는 게 싫은 게 아니라 네가 자주 오는 게, 시도 때도 없이 드나드는 게 싫은 거야."

"하여튼 조목조목 따지기는……. 아무튼 내가 오는 게 싫은 건 아니잖아. 그럼 됐어. 근데 왜 이렇게 덥냐?"

우리 둘은 동시에 더운 김을 뿜어내고 있는 냄비를 바라보았다. 미정이가 화들짝 놀라며 불을 껐다. 그러고는 뚜껑을 열어 보더니 말했다.

"너 이 상황에서도 멸치 국물 끓이냐? 너도 참……."

미정이가 손등으로 이마를 닦으며 보온도시락을 열었다.

"너 아침 아직 안 먹었지?"

"어."

"그럴 줄 알았다. 엄마가 새우 야채죽 끓였어. 오랜만에 끓여서 맛이 어떨지 모르겠다고 하더라."

우리 할머니도 죽을 잘 끓이지만 아줌마도 죽을 잘 끓인다. 내가 언젠가 비법이 있느냐고 물었더니, 아줌마가, "고3 수험생 아드님이 둘이나 있었다. 그 녀석들, 소화 안 된다고 할 때마다 죽을 끓여 댔잖니." 하고 말했다.

그때 생각이 났는데, 마침 미정이가 아줌마 이야기를 했다.

"우리 엄마는 참 머리가 이상하게 돌아가. '오랜만에 끓이는 거라 죽이 맛있게 되려나.' 하면서 하는 말이 '너는 어떻게 그리

속이 편하니? 하긴 네가 신경 쓰는 게 뭐가 있냐. 공부에 신경을 쓰냐, 대학 가는 거에 신경을 쓰냐. 너처럼 속 편한 애는 이 세상에 없을 거다.' 이러잖아. 나 참, 기가 막혀서. 오빠들이랑 비교하지 말라고 난리를 쳐도 어쩔 수가 없어. 이젠 이렇게 교묘하게 비교한다니까. 오빠들 죽 끓일 때마다 사내자식들이 너무 예민해서 소화도 안 되는 거라고 투덜댈 땐 언제고……."

미정이에게는 오빠가 둘 있다. 한 명은 서울대, 한 명은 카이스트에 들어갔다. 내가 봐도 오빠들과 미정이는 많이 다르다. 이럴 때는 위로를 해 주어야 한다.

"대신 큰오빠는 잘해 주잖아. 아빠도 너 예뻐하고. 참아, 난 혼자잖아."

내 말에 미정이가 나를 똑바로 보면서 말했다.

"너 다시는 혼자라는 말 하지 마. 내가 있잖아, 내가. 알았어?"

말을 끝낸 미정이가 왼손에 숟가락을 쥐여 주었다.

"얼른 먹어."

새우 야채죽은 조금 짠 듯했지만 맛있었다. 만날 국에 밥만 말아 먹어서 그런지, 입 속에서 톡톡 새우살이 씹히는 느낌이 낯설었다. 반 정도 먹으니 배가 불렀다.

내가 숟가락을 놓자 미정이가 말했다.

"더 먹지. 맛없어?"

"아냐, 맛있어. 배가 부르네."

"나랑 있을 때 더 먹어. 나 가면 입맛 더 없을 거야."

"이따가 더 먹을게."

"좀 푹푹 떠 먹지, 너 깨작깨작 먹는 거 보면 너 같지가 않아. 이래 가지고 2학기 때 학교 어떻게 다닐래?"

2학기. 말만 들었는데도 아득했다.

"개학이 얼마 남았지?"

"이 주."

미정이와 베란다로 나가 그네 의자에 앉았다.

"여름방학만 잘 버티면 될 거라고 생각했는데……. 하나도 괜찮아진 게 없는 것 같아."

"아직 반이나 남았잖아."

"이 주 동안 집에만 있었어. 학교 다닐 수 있을지 모르겠어."

"내가 있잖아. 내가 만날 데려다 줄게."

나는 대꾸하지 않았다.

"너만 괜찮으면 내가 여기 와서 살게. 우리 엄만 전혀 반대하지 않을 거야. 오히려 잘됐다고 그럴걸?"

나는 바로 대답하지 못했다.

"천천히 생각해 봐. 그리고 학교는 나가야지. 까짓 넉 달이야. 넉 달 지나면 또 방학이잖아."

"너 혼자 다니기 싫은 거지? 너는 다른 친한 애들도 많잖아."

"이지원, 너 날 어떻게 보고……. 나도 수준 있거든. 수준 높은 너하고만 다닐 거야."

오버하는 미정이가 귀엽기도 하고 고맙기도 했다.

미정이가 있어서 남은 여름방학을 무사히 넘길 수 있었다. 미정이는 아줌마가 만든 음식들을 부지런히 날랐다. 어느 쯤인가부터 설사도 멎었다. 나는 밥과 국 외에 반찬도 먹기 시작했고, 조금씩 먹고 싶은 게 생기기도 했다. 어떤 날은 더운 한낮에 미정이가 사 온 아이스크림을 퍼 먹기도 했고, 어떤 날은 우유에 미숫가루를 타서 마시기도 했다. 미정이한테 떡볶이를 사 오라고 해서 둘이서 경쟁하듯 집어 먹기도 했다. 물론 미정이는 더운데 심부름 시킨다고 투덜댔지만.

그리고 개학 며칠 전, 아줌마 차를 타고 외출을 했다. 아줌마는 강남의 유명한 한의원에 미정이와 나를 데리고 갔다. 나이 많은 한의사 선생님이 진맥을 하는 동안 아줌마는 옆에서 나에 대해 말했다. 다른 말은 기억나지 않고, 애가 원래는 밥을 잘 먹는데 이 모양이 됐다며 기운 좀 차리게 해 달라는 마지막 말만 기억난다. 한약은 다음 날 배달된다고 했다.

그날, 할머니가 돌아가시고 한 달 만에 첫 외출을 한 날, 이른 아침 공기가 무척이나 상쾌했다. 그리고 내디딘 발밑으로 아스팔트가 탄탄하게 느껴졌다. 그동안 나가지 않았어도, 걷지 않았어도 길은 그대로였다. 첫 발걸음을 떼며 이렇게 한 걸음 한 걸음 걸어가기만 해도 될 것 같았다. 걸으라고 달리라고 길은 있는 것이다. 한의원을 나와 한 시간도 못 되어 서대문으로 돌아왔다. 차창 밖으로 익숙한 동네 풍경을 보며 생각했다. 이젠 집에서 나오자고, 나와서 걸어 보자고.

2부

그 집이 궁금하다

개학 전날이다.

여름이 지났다. 아직 한낮에는 더웠지만 고등학생에겐 여름방학이 끝나면 여름도 끝난 거다. 여름만 버티자며 마음먹었기에 여름방학이 끝난 것이 다행이다 싶었다. 여름을 버텨 낸 내가 대견하기도 했다. 그렇기에 오후에 집에 온 미정이한테 자신있게 말할 수 있었다. 학교 갈 거니까 데리러 오지 말라고. 그랬어도 미정인 내일 아침 일찍 집에 오겠다고 했다.

바지 주머니에서 그 쪽지를 꺼냈다.

경기도 파주시

금촌3동 동원아파트

101동 908호

'누가 살고 있는지 찾아가 볼까……. 금촌은 어디쯤일까.'

파주는 할머니 납골당 공원이 있는 곳이다. 공원이 금촌에 있는 건 아니지만 같은 파주니까 멀지 않을 것 같았다.

그때 갑자기 할머니의 나지막한 등이 떠올랐다. 그리고 상수동 그 집이 떠올랐다. 파란 지붕이 얹힌 벽돌집. 벽돌집 앞에는 빨간 테이프가 쳐져 있었다.

'아, 빨간 테이프가 아직도 있을까? 경찰이 걷어 내지 않았으면 그대로 있을 텐데. 그리고 마루 유리창도 안 닫은 것 같아.'

경찰은 할머니 냄새 때문에 마루 창문을 열어 놓았다. 경찰들은 신발을 신고 그 창을 넘어 마당으로 나갔다. 할머니가 들것에 실려 나간 뒤 나는 할머니 손가방만 들고 현관을 나섰다. 대문이 닫히는 소리가 들렸던 건 확실히 기억난다.

'왜 이제야 생각났을까. 장마 때 빗물 다 들어갔겠다.'

빨간 테이프가 쳐진 곳은 접근 금지, 들어가면 안 되는 곳이다. 하지만 그 집은 할머니와 아빠의 집이다. 이제는 들어가면 안 되는 곳이 아니다. 그런 생각을 하니 가능한 빨리 빨간 테이프를 걷어 내고 싶었다.

자려고 침대에 누웠을 때 내일 개학 기념으로 그 집에 가 봐야겠다는 생각이 들었다.

개학 첫날 4교시 수업을 마치고 교문을 나서기 전 미술실로 갔다. 고등학교 입학 후 그림을 그리든 그리지 않든 거의 날마다 미술실에 들렀다. 거기서 미정이와 간식을 먹기도 하고 낮잠도 자고 수다도 떨고 시험 기간에는 공부도 했다. 오랜만에 가는 거라 조금 떨렸는데 3층에 도착해 '미술반' 푯말을 보자 반가웠다. 드르르륵 열리는 미술반 미닫이문 소리에 마음이 놓였다.

개학날이라 아무도 없었다. 여름방학 동안 청소를 하지 않아서 꿉꿉하고 퀴퀴한 냄새가 났다. 창문 두 개를 다 열고 뒤로 돌다가 맞은편 사물함에서 '이지원' 이름표를 보았다. 가방에서 열쇠를 꺼내 사물함을 열어 스케치북을 꺼냈다. 빈 면을 펴서 이젤에 올려놓고 그 앞에 앉았다.

나는 빈 스케치북이나 캔버스 앞에 앉아 있으면 편안해진다. 바라보고만 있어도 편안하다. 예전부터 그랬다. 한참 바라보고 있으면 주변의 모든 것, 사물 사람 공기 소리, 모든 것이 어디론가 잠기듯 물러난다. 그러고 나면 나의 모든 것이 가벼워진다. 마치 '나'라는 존재 자체가 사라진 듯 오직 하얀 면만 남게 된다. 지금도 물끄러미 보고만 있다.

그러다 할머니가 돌아가신 뒤 아무것도 그리지 않았다는 것을 알았다. 나는 하얀 스케치북을 바라보았다. 예전의 나는 날마다 무언가를 그렸다. 미술 시간이나 미술부 특별활동, 학원 수업이 없는 날에는 미술 교과서에 실린 그림을 모사하거나, 미술실이나 집 베란다에서 바라다 보이는 풍경을 그리거나, 못해도 동네의 나무나 길, 집 안의 소품이라도 그렸다. 그리지 않고는 못 견뎌 했다. 그런데 여름방학 동안 무언가를 그릴 생각조차 하지 않은 것이다. 그림을 그리지 않고도 시간을 보냈다는 게 무척 놀라웠다. 할머니가 없는 빈집에서 여름만 버티면 될 줄 알았는데, 그래서 여름을 보낸 나 자신이 대견스럽기까지 했는데, 아무것도 그리지 못한 채 지나 버린 시간은, 내가 진정으로 견뎌 낸 시간이 아니라는 생각이 들자 무척 암담했다. 왼손으로 스케치북 하얀 면을 천천히 쓸어 보았다. 그러다 연필을 집어 들었다. 잠시 그러고 있었지만 내 손은 움직이지 않았다. 내 마음이 스케치북 종이처럼 하얗게 비어 버린 것만 같다. 나도 모르게 손이 아래로 툭 떨어졌다. 언제 다시 연필을, 붓을 들 수 있을까…….

사물함에 스케치북을 넣고 미술실을 서둘러 나왔다. 미닫이문을 닫는데 마음이 아려 왔다.

집으로 돌아와 사복으로 갈아입은 뒤 미정이한테 전화를 했다. 엘리베이터를 타고 1층으로 내려가니 미정이가 기다리고 있었다. 정류장에서 버스를 기다리는데 건너편에 파출소가 보였다. 들어가서 그 집으로 가는 길을 물어볼까 생각하다 그러지 않기로 했다. 파출소에는 다시 가고 싶지 않았다. 상수역까지 갈 수 있으니까 상수역 사거리를 지나 왼편으로 나 있는 오르막길만 찾으면 알 수 있을 것 같았다.

버스에서 내려 상수역 쪽으로 걸었다. 상수역을 지나 두 번째 골목길이 오르막길이었다. 경찰차가 섰던 곳에서 몇 걸음 걸어

내가 혼잣말하듯 중얼거리자 미정이가 말했다.

"어, 묘하네. 그런데 맘이 편해, 처음 온 곳인데."

정말 그랬다. 넓지 않은 마당에 계획 없이 나무를 심은 건지 나무들 키가 들쭉날쭉했다. 어떤 곳은 그늘이 드리워져 있고 어떤 곳은 햇살이 내리꽂히고 있었다. 그래도 이상하게 아늑한 느낌이 들었다.

"얼른 테이프 떼자."

미정이 말에 나는 벽돌집 쪽으로 갔다. 빨간 테이프를 떼서 둘둘 말아 가방에 넣었다. 그리고 현관문을 당겨 보았다. 예상대로 열려 있었다. 마루에는 물기가 없었다. 빗물이 들이쳤어도 쨍쨍한 여름 태양빛에 말랐나 보다. 대신 먼지와 얼룩이 많았다. 가져온 물티슈를 여러 장 뽑아서 창문 앞 마루를 닦았다. 미정이도 같이 닦아 주었다.

빨간 테이프를 걷어 내는 것도, 마루를 닦는 것도 금방 끝났다. 한 시간이 걸리지 않았다. 그러자 그곳에 더는 있기 싫었다. 그곳은 할머니를 마지막으로 본 곳이니까. 그날을 마지막으로 할머니는 더는 내 옆에 있지 않으니까.

서둘러 베란다 창문을 닫고 커튼을 쳤다. 현관을 나와 현관문 구멍에 열쇠를 꽂아 보았다. 열쇠 하나는 현관 열쇠였다.

미정이와 나란히 현관 앞 시멘트 턱에 앉았다. 두 다리를 쭉 펴고 등을 현관문에 기댔다. 은행나무와 목련나무 사이로 조각 하늘이 보인다. 배에서 꼬르륵 소리가 났다. 시계를 보니 4시가 지나 있었다.

"너 웬일로 조용하다?"

내 말에 미정이가 뜸을 들이다 말했다.

"1학년 때부터 생각한 건데, 넌 참 어른 같아."

"뜬금없이 무슨 말이야? 너도 내 상황이었으면 나 같았을 거야. 배고프다, 얼른 가자. 내가 맛있는 거 사 줄게."

그러면서 몸을 일으키는데 은행나무 뒤로 밝은 갈색 문이 언뜻 보였다.

"저기, 갈색 문 보여?"

나는 손가락으로 은행나무 쪽을 가리키며 미정이한테 물었다.

"어, 보여. 뭐지? 창고인가?"

우리는 그쪽으로 발걸음을 옮겼다. 은행나무는 작은 창고를 가리고 있었다. 손잡이를 오른쪽으로 돌리면서 밀자 문이 열렸다. 어둡다. 옆 벽에 단추가 있다. 똑딱 누르자 창고 안이 밝아진다.

창고는 좁았다. 네댓 사람이 들어가면 꽉 찰 것 같다. 창고 안은 별로 들어 있는 게 없었다. 오래된 5단 책장 하나와 붉은 고무 통, 낡은 종이 상자 두 박스가 전부였다. 문을 닫으려는데 책장 선반에 나무 상자 하나가 눈에 띄었다. 나무 상자를 끄집어냈다. 얇은 판을 홈에 끼워 밀어 넣으면 뚜껑처럼 덮이는 상자다. 판 끝을 잡고 빼 보았다. 상자 안에는 태극기가 들어 있었다. 나도 모르게 피식 웃음이 났다. 판을 다시 밀어 넣으려는데 상자 안에서 서걱거리는 소리가 들렸다. 태극기를 들춰 보았다. 이번에도 피식 웃음이 났다. 플라스틱으로 된 빨간색 노란색 양동이, 손잡이 달린 초록색 바가지, 검은색 삽이 보였다. 어린애들 장난감이다. 태극기를 다시 덮으려는데 빨간색 양동이 안에 작은 조개껍데기가 보였다.

나는 서둘러 태극기를 꺼내고 장난감들을 다 꺼냈다. 조개껍데기는 모두 네 개였다. 닳아서 껍질이 벗겨진 부분에는 은빛이 반짝였다.

그때 갑자기 바닷가에서 조개껍데기를 줍는 손이 떠올랐다. 모래 속에 박힌 조개껍데기를 하나하나 들추어 본다. 마음에 드는 것을 찾고 있나 보다. 손이 조그만 걸 보니 아이 손 같다. 다른 손에는 조개껍데기 세 개를 쥐고 있다. 그리고 귓전으로 "지원아, 그만 가자!" 하는 소리가 들린다. 할머니 목소리다.

조개껍데기와 플라스틱 장난감을 빼놓고는 태극기 상자를 제자리에 두고 창고 문을 닫았다. 다시 현관 앞 시멘트 턱으로 돌아와 앉았다.

"네가 쓰던 거야?"

"어, 그런 것 같아."

"기억나? 너 어릴 때 기억은 잘 나지 않는다고 했잖아."

"신기해. 바닷가에서 이거 가지고 놀았던 기억이 났어."

양동이와 바가지, 삽. 이 플라스틱 장난감들과 조개껍데기.

처음으로 어린 시절의 기억이 떠올랐다. 할머니와 바닷가에 갔던 날이 떠오른 것이다. 바닷가에 그걸 가지고 갔었다. 어린 시절의 기억이 떠오르다니, 무척 당황스럽다.

누구나 어렴풋하게, 혹은 강렬하게 떠오르는 어릴 적 기억들이 있는데 나는 그런 게 없다. 크면서 잊어버렸을까? 나도 분명 다섯 살 때가 있었고 여섯 살 때가 있었을 텐데……. 신기하게도 내가 기억하는 어린 시절은 지금 살고 있는 아파트에서 시작된다.

앞으로 이 집이 내 인생에서 어떤 의미가 될지, 이 집에서 내가 보게 될 것이 무엇일지 두려웠다. 잘 기억나지 않던 어린 시절을 떠올리게 해 주었어도 기쁘지 않았다. 나는 어린 시절을 떠올리기 싫었나 보다. 그래서 그 시간들을 하나도 남김없이 지웠나 보다. 그전의 시간은 기억나지 않으니 없는 거라고, 내 인생은 초등학교 1학년에서부터 시작한 거라고 생각해 왔다. 그런데 더 어린 시절의 장면이 이 집, 저 창고 안에서 떠오른 것이다.

"이 집에 너희 가족이 살긴 살았나 봐."

"가족? 가족이라고 해 봐야 할머니하고 나뿐이잖아."

"네가 있으면 네 아빠가 있고 엄마도 있는 거지."

미정이가 내 눈치를 흘끔 본다.

"태어나서 지금껏 연락 한 번 없는 부모가 무슨 가족이라고……."

나는 말을 멈췄다가 다시 이었다.

"어쩌면 네 말이 맞을지도 모르겠어. 나나 할머니나 아니면 식구 누군가가 살긴 한 것 같아. 이제야 이 집을 알았으니 누구한테 물어봐……."

"정말 중요한 집이라면, 네가 꼭 알아야 하는 일이 있다면 할머니가 어딘가 남겨 놓지 않았을까?"

"…… 이제 알아봐야지."

"이 집에 또 와 볼 거야?"

"글쎄…… 이 집에 오니까 할머니 발견한 날 생각이 나서 겁이 나."

"그래도 이 집을 뒤져 봐야 뭔가 알 것 같은데?"

"응, 내 생각도 그래. 그런데……."

나도 모르게 고개가 앞으로 숙여졌다.

"너답지 않게……."

미정이가 말을 하다 말고 내 왼쪽 어깨 위에 손을 얹더니 오목하게 힘을 주었다.

과연 내가 뭘 알아낼 수 있을까. 저 대문을 주저 없이 열고, 집 안의 방문을 확확 열어 볼 수 있을까. 여덟 살 이전의, 아니 태어나서 지금까지의 나를, 내 과거를 알아낼 수 있을까.

두렵다.

나는 하늘을 올려다보고 있는 미정이 옆모습을 물끄러미 바라보았다. 미정이 옆얼굴은 무척 단정하고 숙연해 보였다. 수선스럽고 쉽게 감정이 드러나는 얼굴이 아니었다. 마치 처음 본 얼굴 같았다.

뜻하지 않은 엽서

미정이와 헤어져 집에 오니 5시가 좀 지나 있었다. 할머니랑 살 때는 집에서건 밖에서건 혼자서도 잘 먹었는데 정말 혼자가 되고 보니 그게 잘되지 않았다. 그런데 무슨 생각이 들었는지 집에 오자마자 냉장고와 다용도실, 싱크대 수납장을 둘러보았다. 냉장고에는 계란 몇 알뿐, 텅 비어 있었고 다용도실도 마찬가지였다. 쌀 두 컵에 현미 반 컵을 섞어 씻고는 물에 담가 둔 뒤 마트에 갔다. 두부와 애호박, 감자와 부추, 오징어를 샀다. 마른미역, 양파, 당근도 샀다. 우유도 사고 떠 먹는 요구르트도 샀다. 생수도 사고 계란도 사고 콩물도 샀다. 뭐든지 사서 냉장고를 채우고 싶었다.

집에 와서 압력솥에 쌀을 안친 후 미역국을 끓이면서 오징어 부추 부침개를 만들었다. 할머니는 내가 프라이팬에 부쳐서 먹으면 되게끔 부침개 반죽을 넉넉히 해 두곤 했다. 멸치다시마 국물 내는 것 다음으로 두 번째로 배운 것이 부침개였을 만큼 할머니는 간단하면서 다양하게 먹을 수 있는 부침개를 많이 알고 있었다. 오징어부추 부침개지만, 부추와 오징어만 들어가는 게 아니다. 일단 콩물을 풀어 둔다. 부추와 오징어, 양파, 당근, 애호박을 잘게 썰어서 콩물에 넣고 메밀가루를 풀어 농도를 맞춘다. 나는 계란이 다른 음식에 섞여 들어가는 걸 싫어한다. 이를테면 라면에도 계란을 풀지 않고 부침개 반죽에도 계란을 넣지 않는다. 계란은 프라이나 찜, 계란말이 등 그 자체로만 요리해서 먹을 때가 맛있다. 내가 만든, 아니 할머니가 알려 준 콩물이 들어간 부침개는 담백하다. 이렇게 만든 부침개와 미역국, 김 그리고 미정이 엄마가 주신 김치가 반찬의 전부였지만, 할머니가 돌아가신 뒤 처음으로 해 먹은 음식이라 맛있게 먹었다. 먹으면서 내일이 놀토니까 반찬을 좀 만들어 놔야겠다는 생각을 했다. 부침개 반죽은 넉넉하게 해 두었으니 이삼 일은 먹을 수 있다.

다 먹고 나서 후딱 설거지를 하고 양치질을 했다.

어느 나라에서는 가족이 죽어도 그 사람이 쓴 방을 그대로 둔다고 했다. 아마도 그 사람을 추억하기 위해서겠지. 문화적인 차이기도 하겠지만, 그 나라는 땅덩이가 넓을 거야. 그러니 죽은 사람을 위한 공간도 남겨 둘 수 있는 거지. 할머니와 내가 살던 24평 이 아파트. 이젠 나 외에 아무도 없는 24평 아파트는 할머니 방을 그대로 두어도 될 만큼 넓다.

사람들은 '죽음'을 무서워한다. 피해야 할 어떤 것으로 여긴다. 아주 소중한 사람이 아니고서는 죽은 사람과 관계된 것들을 정리한다. 마치 그 죽음이 자기한테 나쁜 것을 옮겨 올까 봐 꺼리는 것 같다. 멀리하는 것 같다. '죽음'이라는 단어를 전혀 모른다는 듯이. 자기는 절대 죽지 않을 거라고 믿는 듯이. 하지만 죽음은 늘 우리 주변에 있다. 죽음은 우리 일상에 늘 함께하고 있다.

할머니는 갑작스럽게 돌아가셨지만 죽음을 준비하고 계셨다. 언젠가부터 할머니의 일과 중 여러 가지가 죽음과 관계있었다는 걸 돌아가시고 난 뒤 깨달았다. 죽음이 왔을 때 본인과 관계되는 것들, 그리고 죽음이 왔을 때 혼자 남을 나와 관계되는 것들이 조금씩 일상을 차지했다. 나에게 운전을 배우게 한 것도, 살림을 배우게 한 것도 죽음과 관련이 있는 것이다.

나 또한 죽음과 함께 있다. 정확히 말해 죽은 할머니와 함께 있다. 지금 집 안은 할머니가 있을 때와 똑같다. 무엇보다 할머니 방은 달라진 것이 없다. 다만 밤마다 깔렸던 이불이 내내 장롱 안에 있다는 것뿐, 돌아가시기 전과 변함이 없다. 나는 할머니 방을 그대로 둘 거다. 저 방에 다른 사람이 살지 않는 한, 할머니 방은 다른 누구의 방이 아닌 할머니 방이다.

낮에 미정이한테 말했듯이 이젠 내가 내 과거를 알아봐야 한다. 오늘 그 집 대문을 나서면서 이런 생각이 강하게 들었다. 그러면서 할머니 방이 떠올랐다. 할머니 방을 차근차근 살펴보면 다른 뭔가가, 나를 과거 속으로 안내해 줄 뭔가가 있을지도 모른다는 생각이 들었다.

작년 1월, 중학교 3학년 겨울방학 때 왜 나는 할머니와 둘이 사는지, 왜 엄마 아빠가 없는지 너무나 답답하고 궁금해서 할머니 방을 쫙 뒤진 적이 있다. 그때 가족의 이력을 알 수 있는 무언가는 나오지 않았다. 장롱은 할머니 옷과 철 지난 내 옷이 전부였고 화장대 수납장은 할머니 속옷과 양말뿐이었다. 앉은뱅이 책상 속도 별다른 게 없었다. 결국 아무것도 건질 것이 없다는 걸 알았을 때 앉은뱅이책상 옆 벽에 기대앉아 멍하니 있었다.

까무룩 정신이 나갔다 돌아오는 것 같았다. 나를 휩쌌던 태풍이 지나가자 도둑맞은 것처럼 어수선해진 방 안이 눈에 들어왔다. 할머니가 눈치채지 못하게 내가 손대기 전 상태로 잘 정돈해 둬야 한다는 생각이 들자 마구 화가 났다. 결국 나는 그날 할머니가 오실 때까지 할머니 방에 앉아 있기만 했다. 처음에는 주섬주섬 일어나 정리를 했는데 잠시 뒤 그만두었다. 할머니한테 데모하듯, 보란 듯이 두고 싶었다. 고등학교 입학이 얼마 남지 않았는데 엄마에 대해서도 아빠에 대해서도 말해 주지 않는 할머니한테 화가 났다.

그날 퇴근한 할머니는 도둑이 든 줄 알고 깜짝 놀랐다. 내가 헤집었다고 말했더니 "고등학교에 들어가면 알게 될 거다. 그전까지는 참아 주면 좋겠다." 하고 말했다. 이 말을 할 때 할머니 표정은 슬퍼 보였고 단호해 보였다. 나는 단번에 단념이 되었다. 할머니가 나를 보지 않고 말해서 더욱 쉽게 단념이 되었다. 하나밖에 없는 할머니를 힘들게 하고 싶지 않았다.

하지만 흐르는 눈물은 어쩔 수 없었다. 나는 뒤돌아 소매로 눈물을 닦았다. 그러고는 곧바로 일어서서 내 방으로 왔다. 침대 위 이불 속으로 들어가 엉엉 울었다. 한참을 울어서 내 몸에서 물기가 다 빠져나간 것 같았다. 그날 이후 나는 할머니한테 엄마 아빠에 대해서 물어보지 않았다.

좀 늦었지만 내 어린 시절은 그날 끝난 것 같다. 나와 세상 사이에 몇 겹의 장막이 있다는 걸 깨달았다. 나와 다른 사람 사이에, 나와 할머니 사이에 보이지 않는 벽이 있다는 걸 알았다. 내가 보는 세상과 다른 사람이 보는 세상이 다르다는 것을 알았다. 세상은 내가 생각한 것보다 훨씬 더 복잡하고 알 수 없는 것이구나, 깨달았다. 그 복잡하고 알 수 없는 세상은 모두 어른들이 만들어 놓았다. 나는 그때까지 그 세상이라는 바다 가장 밑바닥, 믿을 수 없을 만큼 고요한 세계에서 살았다. 그곳에서의 나는 어린 나였다. 이제 그 고요 속에서 올라와야 한다. 내가 원하든 원하지 않든. 어쩌면 그 고요를 벗어난 곳부터가 세상일지 모른다고 생각했다. 그 세상에 발을 들여 놓아야만, 그 세상의 공기를 마셔야만 어른이 되는 건지도 모른다.

그때 그 이불 속에서, 처음으로 어른이 되는 것이 두렵다는 생각을 했다.

할머니 방은 장롱과 화장대, 앉은뱅이책상이 전부다. 앉은뱅이책상 서랍에는 여전히 별 게 없었다. 가계부와 각종 고지서 영수증들이 종류별로 차곡차곡 정리되어 있을 뿐이었다. 서랍 오른쪽에 있는 수납 칸에는 앨범이 있었다. 내 사진만 가득한 앨범. 이 앨범은 알고 있던 거라 아예 들여다보지도 않았다. 장롱과 화장대도 마찬가지다. 어쩌면 할머니는 이렇게 아무것도 남겨 놓지 않을 수가 있을까.

장롱 문을 열고 옷걸이에 걸린 할머니 옷들을 한 벌 한 벌 보고 있자니 어떤 옷에서는 할머니와의 기억이 떠올랐다.

그러다 지금 이렇게 할머니 방을 살펴보는 것이 무슨 의미가 있을까 싶었다. 중학교 3학년 겨울방학 때 그랬던 것처럼, 내 과거에 대한 어떤 실마리도 나올 것 같지 않아 다시 답답했다. 앉은뱅이책상 옆 벽에 기대앉았다. 할머니는 고등학생이 되면 알게 될 거라고 말했다. 하지만 고등학생이 되었을 때 할머니는 아무것도 말하지 않았다. 나 또한 묻지 않았다. 지금까지 기다린 것처럼 조금만 더 기다리면 할머니가 다 이야기해 줄 줄 알았다. 이렇게 가실 줄 알았으면 고등학생이 되자마자 물어볼 것을.

그때 파란 지붕 벽돌집이 떠올랐다. 그 집에는 어떤 것, 가족에 대해 알 수 있는 어떤 것이 있을지도 모른다는 생각이 들었다. 왜 낮에 갔을 때 방문을 열어 보지 않았을까, 후회가 되었다. 나는 다시 그 집에 가고 싶었다. 시계를 보니 10시가 되어 가고 있었다. 버스를 타면 한 시간이나 걸리지만 운전해서 가면 삼십 분밖에 걸리지 않을 것이다. 하지만 낮에도 들어가기 힘들었던 집을 이 밤에 들어갈 수 있을까. 내일 가 보자고 마음을 정해도 잠시뿐 자꾸 엉덩이가 들썩거렸다.

일단 그 집까지 가 보기로 하고 집을 나섰다. 낮에 운전해도 이제는 모자만 쓸 정도로 신경을 덜 쓰게 되었지만, 그래도 밤에 운전할 때 마음이 더 편한 것이 사실이다. 모자를 쓰지 않아도 되고 그냥 입은 옷 그대로 나가면 되니까.

그런데 막상 운전석에 앉자 긴장이 되었다. 할머니가 돌아가시고 난 뒤 처음 운전하는 것이다. 숨을 한껏 들이마셨다가 내쉬었다.

'천천히 가면 별 문제 없을 거야.'

이렇게 생각하면서 시동을 걸었다.

사십 분쯤 걸려 상수역 사거리에 도착했다. 경찰차가 섰던 곳에 차를 세웠다. 골목 입구에 서서 그 집 쪽을 바라보았다. 온통 검다. 골목 중간쯤 있는 가로등도 대문가만 비출 뿐, 그 집의 마당과 벽돌집까지는 비추지 못하고 있다. 하늘 위로 치솟은 은행나무도 온통 시커멓다. 달도 구름에 가려 있다. 순간 무서웠다. 지금은 저 집에 들어갈 수 없을 것 같았다.

'대문까지만 가 보고 내일 다시 와야겠다. 내일은 집 안을 샅샅이 뒤져 봐야지…….'

그 집 쪽으로 발걸음을 옮기며 생각했다.

바지 왼쪽 주머니에 든 열쇠가 만져졌지만 꺼내지 않았다. 대문을 살짝 흔들어 보았다. 굳게 닫혀 있었다. 바로 돌아서는데 대문 끝에 뭔가가 끼어 있는 게 보였다. 손을 뻗어 잡아당겼다. 반으로 접힌 종이. 엽서였다. 뭔가 적혀 있는데 어두워서 잘 보이지 않았다.

나는 서둘러 골목 중간에 있는 가로등 아래로 왔다. 가슴이 두근거렸다. 접힌 엽서를 펴 보는데 첫머리에 "어머니."라고 적혀 있었다. 나는 순간 엽서를 떨어뜨렸다.

'어머니라면 할머니를 말하는 건가. 할머니를 어머니라고 부르는 사람은…….'

나는 발밑에 떨어진 엽서를 주워 들고 바로 차로 달려갔다. 운전석에 오르자마자 차 문을 잠갔다. 오랜만에 뛰어서인지, 엽서 때문인지 뛰는 가슴이 진정되지 않았다. 차 안 조명등을 켰다. 그리고 천천히 엽서를 다시 보았다.

어머니.

지난번 대문 밑으로 넣어 놓은 쪽지 보셨는지요? 이번에도 헛걸음을 할까 봐 미리 엽서를 써서 갑니다. 한국에 온 지 한 달이 좀 넘었습니다. 파주 금촌이라는 곳에 있는 고등학교에서 일하게 됐습니다. 자주 올 수 있을 것 같았는데 오랜만의 한국 생활이고 학교 일이 많아 그러지 못했습니다.

제 전화번호가 031-945-43** 입니다.

어머니는 여전하신가요? 변함없길 바랄 뿐입니다.

지원이는 몰라보게 컸겠지요.

모든 게 바뀌었지만 집은 그대로입니다.

이 엽서 보시는 대로 연락 주세요.

8월 21일 명원 올림

8월 21일이면 오늘이다. 낮에 내가 들른 뒤에 다녀간 거다.

할머니 손가방에 들어 있던 쪽지에 쓰인 글씨체와 같다.

그러니까 그 쪽지도 이 엽서도 모두 아빠가 남긴 거다.

갑자기 눈두덩이 뜨거워지고 심장이 쿵쿵 뛰기 시작했다.

아빠가 나타났다.

십칠 년 만에 아빠가 나타난 것이다.

우선 집에 가야겠다는 생각이 들었다. 엽서를 조수석에 내려놓고 차 열쇠를 꽂았다. 시동이 세 번 만에 걸렸다. 운전대를 천천히 왼쪽으로 돌려 골목 입구로 차를 몰았다. 은행나무 집 어둑한 대문이 보였다. 미정이 말대로 내 가족이라 부를 수 있는 누군가가 저 집에 살았다. 내가 모르는 과거 저편에서 저 대문을 드나들었을 것이다. 그중 한 명이 나타난 것이다. 손에서 땀이 났다. 숨을 한껏 들이마셨다가 내쉬었다.

"이지원, 천천히 가자. 천천히."

오른발을 액셀러레이터로 옮겼다. 차가 움직이면서 눈물이 핑 돌았다. 나는 손등으로 주르륵 흐르는 눈물을 훔치며 생각했다.

'울지 말자.'

그날 삼십 분 정도 걸리는 거리를 한 시간 넘게 걸려 집에 도착했다. 청기와 주유소 사거리에서 우회전을 했어야 하는데 그러지 못했다. 나는 계속 앞을 보았다. 앞만 보고 가기만 했다. 그러다 저 멀리 월드컵 경기장을 보고서야 길을 잘못 가고 있다는 걸 알았다. 그제야 정신이 들었다. 월드컵 경기장에 못 미쳐 유턴을 한 뒤 계속 직진했다. 다시 청기와 주유소 사거리에 다다랐다. 집에 도착해 시동을 끄기 전 시계를 보니 자정이 가까워 오고 있었다.

그림 속의 여자와
그림 밖의 남자

다음 날 눈을 일찍 떴다. 학교에 가지 않는 토요일인데도 7시 전에 일어났다. 새로 부친 부침개와 어제저녁에 먹은 반찬을 그대로 깔아 두고 아침밥을 먹었다. 설거지를 해 놓고 바로 집을 나섰다.

이제 나는 주저 없이 그 집 대문 열쇠를 꽂는다. 마당에 들어서자마자 바로 벽돌집 쪽으로 갔다. 이제 나는 그 집 현관 열쇠도 주저 없이 꽂는다.

거실로 들어가서 커튼을 걷자, 햇살에 반짝이는 나무들이 가득 보였다. 아주 멋진 풍경이었다. 어제 미정이와 같이 왔을 때는 왜 몰라봤을까. 창문을 열자 시원한 공기가 밀려들어 왔다.

이 집에는 방이 두 개 있다. 현관 맞은편에 방문 두 개가 나란히 있다. 방 하나는 마당을 향해 있고, 하나는 집 뒤 담벼락 쪽에 붙어 있다. 담벼락 쪽에 있는 방을 먼저 열어 보기로 했다. 그런데 방문이 한번에 열리지 않았다. 손잡이를 오른쪽으로 돌리자 뻑뻑하게 돌긴 하는데도 문이 잘 열리지 않았다. '잠겨 있는 거 아냐.' 하는 생각이 든 순간 앞으로 당기듯이 힘을 주고 손잡이를 돌렸더니 문이 뺑 하고 열렸다.

방 안에서 뭔가가 나한테로 쏟아지는 것 같아 나도 모르게 눈을 질끈 감았다. 잠시 그러고 있는데 내 몸에 닿는 것도 없고 아무 소리도 들리지 않았다.

방 안으로 한 걸음 옮겼다. 테레핀유 냄새가 났다. 테레핀유는 유화를 그릴 때 물감에 섞는 기름이다. 같이 섞는 린시드오일과는 달리 광택이 없는 게 특징인데 유화 물감이 잘 마르도록 도와준다. 테레핀유는 소나무 줄기에서 얻은 수지를 증류시켜 만든 거라 독특한 냄새가 난다. 나는 이상하게 그 냄새가 좋다. 어떤 애는 이 냄새에 머리가 아프다고 하는데, 난 외려 정신이 명징해진다. 그래서 테레핀유 냄새가 배어 있는 미술실에 있으면 마음이 편안하다.

방문 앞 벽에는 책장이 하나 있고 책장 맞은편 구석은 아사천으로 뭔가를 덮어 놓았다. 천을 들춰 보려고 몇 발짝 옮기다가 소스라치게 놀랐다. 방문에 가려 보이지 않던 왼쪽 벽면 구석에 '귀'가 있었다. 사람 얼굴만 한 큰 귀가 하나 벽에 붙어 있었다. 사람 얼굴에 귀가 붙은 것처럼 벽에 귀가 붙어 있었다.

귀는 무생물이 아닌 것 같았다. 열은 선홍색을 띠었고 귓바퀴며 귓구멍 등이 선명했다. 살아 있는 귀, 살아 있는 인간의 귀 같왔다. 이 집에 살아 있는 유일한 것처럼 느껴졌다. 나는 귀 쪽으로 다가갔다. 귀는 인기척을 느낀 양, 쫑긋 스스로를 세워 조금 움직이는 것 같기도 했다. 하지만 앞에 앉아 잠시 귀를 바라보니 귀는 미동이 없다. 가만히 있다. 계속 가만히 있다. 소스라치게 놀랐던 마음이 차츰 가라앉았다. 특이한 건 귀 위쪽으로 크지 않은 창이 하나 나 있었는데, 이 귀가 그 창을 향하고 있는 것처럼 보인다는 것이다. 귀는 창 쪽을 향해 끊임없이 창밖의 소리를 기다리는 듯했고, 창밖에서 누군가가 불러 주기를 바라는 듯했다.

귀를 만져도 보고 두드려도 보았다. 귀는 석고로 되어 있었다. 석고 위에 아사 천을 붙이고 조금씩 구겨서 질감을 살렸다. 그리고 수채 물감으로 채색해서 살아 있는 귀로 만들었다.

조용했다. 집 안도 조용하고 마당도, 골목길도 조용했다. 나도 모르게 귀에 얼굴을 갖다 댔다. 신기하다. 귀는 딱딱하거나 거칠지 않았다. 오래되어 해져서 그런지 마치 베개처럼 내 얼굴을 받아 주었다. 폭신하다는 생각도 들었다. 등 뒤에 벽이 받쳐 주고 있어서 더 편안했다.

그렇게 앉아 방을 둘러보았다. 책장은 가로가 일 미터쯤 되고 네 칸으로 나눠진, 내 키만 한 크기였다. 책장 선반에는 책들과 연필꽂이, 각종 채색 도구들, 8절과 4절 스케치북이 여러 권 포개져 있었다. 책장 옆 벽에 화판과 아트 백, 앞치마가 걸려 있는 낡은 나무 이젤과 등받이 없는 원형 의자가 있고, 아사 천으로 덮어 놓은 곳에는 캔버스와 둘둘 말린 아사 천, 캔버스 틀이 보였다.

집 안에 그림을 그리는 사람이 있었나 보다. 내가 어려서부터 그림 그리는 것을 할머니가 좋아하지 않았던 이유가 어렴풋 짐작되었다. 할머니는 내가 그림 그리고 있을 때마다 멈칫했다. 어찌할 바를 몰라 하면서 스케치북이나 크레파스를 뺏기도 했고, 나가서 놀라고 윽박지르기도 했고, 책을 손에 쥐여 주기도 했다. 그럴 때마다 나는 할머니가 하라는 대로 했다. 그림은 언제든 그릴 수 있으니까. 내가 고등학생이 되어서야 할머니는 그림 그리는 나를 내버려 두었다. 상도 받아 오고 미술반 활동도 하게 되면서 친구도 생겼기 때문일 것이다. 미정이 한 명뿐이지만.

할머니는 짐작하지 못했겠지만, 나는 고등학생이 되어서야 학교에 다니는 재미가 생겼다. 보통 아이들은 초등학교 중학교 고등학교 순으로 학교 다니는 재미가 떨어진다는데 나는 그 반대였다. 특히 중학교와 고등학교 사이의 폭은 무척 컸다.

고등학교에서 나의 가장 큰 즐거움은 미술 시간이었다. 원래 그림 그리는 걸 좋아한 데다, 미술 선생님이 워낙 다양하게 수업을 진행했기 때문이다. 데생, 수채화, 유화는 기본이고 조각, 판화도 다양한 재료로 해 보게 했다. 특히 판화는 몇 주에 걸쳐 했는데, 삼 주째 하던 동판화 수업이 다 끝나고 나서 느낀 희열은 지금도 잊을 수가 없다. 발갛게 달아오른 미정이 볼도 잊을 수가 없다. 그렇게 몸이 힘들도록 무언가를 열중해서 해 보기는 처음이었다. 그리고 처음으로 노동을 했다는 생각이 들었다. 미술을 한다는 건, 예술을 한다는 건 노동을 통해 성취되는 건가, 하는 생각을 어렴풋이 했다.

천천히 일어나서 책장 쪽으로 갔다. 연필꽂이는 두 칸으로 나뉘어 있는데 톰보우나 스테들러 연필들이 한쪽에 있고 다른 한쪽에는 유화 물감을 개는 나이프와 바바라나 화홍 붓들이 꽂혀 있다. 유화 물감 외에 파스텔과 수채 물감, 젯소, 린시드오일과 테레핀유, 기름을 덜어 놓는 유통, 붓 세척액과 붓을 씻는 석유통 그리고 자기 그릇들이 선반에 놓여 있었다. 오랫동안 쓰지 않은 걸 감안하면, 화구는 잘 정리되어 있는 편이었다.

그리고 스케치북. 사실, 귀 옆에 앉아 책장을 봤을 때 맨 먼저 눈에 띈 것이 이 스케치북이다. 스케치북은 책장 가장 아래 칸에 있다. 스케치북을 넘겨 보고 싶었다. 하지만 몰래 어떤 사람의 스케치북을 본다는 건 무척이나 비양심적인 행동이다. 내가 이 스케치북의 주인이라면 엄청나게 화가 날 거다. 나는 책장 앞에 앉아 맨 위에 놓여 있는 스케치북을 집었다. 스케치북을 뒤집어 맨 끝 페이지를 만져 보았다. 파브리아노 종이인 것을 보면 당시에도 꽤 좋은 스케치북이었을 것이다. 결국 보고 싶은 마음을 누르지 못하고 스케치북을 앞으로 돌려 겉표지를 넘겼다. 펜으로 그린 크로키가 나왔다.

한 여자가 오른손에 담배를 들고 담배 연기가 날아가는 쪽을 바라보며 앉아 있다. 그린 이는 오른쪽 옆에서 여자를 그렸다.

여자는 머리를 묶어서 틀어 올렸고 목이 좀 긴 편이었다. 등이 부드럽게 휘었고 아래쪽은 종아리 정도까지 그리다 말았다. 담배를 쥔 오른손은 허공에 떠 있지 않고 바닥에 대고 있는지 약지와 새끼손가락이 바닥을 두드리듯이 굽어 있었다. 여자가 앉은 곳이 어딘지는 모르지만 엉덩이 밑으로 선 하나를 쭉 그어 놓아 그녀가 앉아 있음을 알려 주고 있다.

다음 장을 넘겼다. 이번에도 그 여자 같다. 머리를 틀어 올린 뒷모습이 슬쩍 보인다. 그 여자가 앉아서 무엇을 먹는 것 같다. 여자의 허리 옆으로 튀어나온 낮은 탁자와 바닥에 놓인 주전자, 물컵이 보인다. 여자는 꽤나 통통하다. 앞 그림에서는 등이 부드럽게 휜 정도였는데, 여기서는 아주 통실통실하다. 어디가 허리고 엉덩이인지 모를 정도다. 고개를 숙이고 먹는 데 열중하는 것 같다. 숟가락을 쥔 오른손은 앞쪽에 있어 보이지 않고 왼손은 주먹을 쥐고 바닥에 대고 있다. 주먹 쥔 왼손을 곧추세워 손가락 마디마디 뼈들이 바닥에 닿아 있다. 여자는 왼손 주먹을 꽉 쥐고서 먹고 있는 거다.

크로키지만 그린 이는 대상의 특징을 잘 포착해 내는 것 이상으로 뭔가를 잡아서 담아내고 있다. 첫 장에서 그린 이는 담배 연기를 바라보는 여자의 눈길을 담았고, 다음 장에서는 먹으면서 바닥에 꽉 붙이고 있는 여자의 주먹을 담았다. 두 크로키를 그린 때가 얼마나 차이 나는지 모르지만, 이 여자는 당시 마음이 편하지 못했던 것 같다. 첫 장에서 담배 연기가 스케치북 끝까지 그려져 있는 걸 보면 여자는 한없이 담배 연기를 바라보고 있었을 것이다. 아니면 한없이 담배를 피웠던가. 그리고 주먹을 꽉 쥐고 먹는다는 건, 마음속에서 치미는 뭔가를 꾹 참고 음식을 먹고 있다는 걸 말해 준다. 확실히 여자는 현실에, 자신의 상황에 불만스러워하고 있다. 중요한 건 그런 이가 여자와 어떤 관계에 있는 사람인지 모르지만, 그런 여자의 마음을 눈치챘다는 것이다.

다음 장도 그 여자다. 그다음 장도 그 여자다. 그다음 다음 장도 그 여자다. 여자는 누워 있거나 걷고 있거나 의자에 앉아 있다.

여자 크로키는 이야기를 담고 있다. 나는 그 여자의 사연이, 마음이 궁금하다. 그 여자를 바라보며 그린 이도 궁금하다. 나는 귀를 기울이듯이 크로키에 한동안 눈을 붙이고 있었다.

보던 스케치북을 내려놓고 바로 아래 있는 다른 스케치북을 집어 들었다. 그 스케치북의 첫 장도 그 여자다. 그런데 멈칫 놀랐다. 그 여자, 배가 엄청 크다. 아니 부르다. 그 여자는 임신한 여자다. 여자는 여전히 머리를 틀어 올렸고 안락의자에 앉아 있다. 옆모습을 그려서 불룩한 배가 맨 먼저 눈에 띈다. 이전 스케치북에서 본, 허리와 엉덩이가 구분되지 않은 실루엣은 임신했기 때문인 것 같다. 살이 붙어서 그런가, 담배 피우던 모습에 비해 얼굴도 좀 늘어져 보인다. 이 그림에서 여자는 안경을 끼고 있다. 뿔테인지 안경다리가 두꺼워 눈이 보이지 않는다. 안경이 눈에 띄는 건, 안경과 안락의자만 채색했기 때문이다. 안경은 짙은 갈색이다. 안락의자에는 큰 꽃 여러 송이가 그려져 있다. 무슨 꽃인지 모르지만 커다란 주황색 꽃과 커다란 나뭇잎, 그리고 줄기가 뒤엉켜 있다. 나뭇잎과 줄기는 검정으로 라인만 그렸고, 꽃은 아주 화려하다. 노란색이 섞인 주황이라 이 그림은 꽃이, 안락의자가 도드라지고 인물은 안락의자에 파묻혀 보인다.

여자는 오른팔을 축 늘어뜨리고 있다. 팔에, 손가락에 힘이 없다. 몸이 무거워 힘들어서 저러고 있나, 생각하면서 안락의자 저편을 보는데, 뭔가가 스멀스멀 피어오르고 있다. 순간, 담배 연기라는 걸 알았다. 앞에서 본 스케치북에 그려진 담배 연기와 똑같은 라인이다. 담배 연기는 스케치북 끝까지 그려져 있다. 아마 면이 더 넓었다면 계속 계속 무한히 뻗어 나갔을 것이다. 임신 중인데 왜 여자는 담배를 피웠을까. 그것도 하염없이.

뿔테로 가려 보이지 않는 눈, 축 처진 팔, 아무렇게나 놓여 있는 두 발, 산처럼 튀어나온 배. 여자는 몸을 아무렇게나 두고 있다. 동시에 마음도 아무렇게나 두고 있다. 마치 모든 것을 놓아 버린 듯한 느낌이다. 보이지는 않지만 분명 여자의 눈에도 초점이 없었을 거다. 그린 이는 그걸 알고 있었다. 그린 이의 눈에는 그 눈빛이 보였을 것이다. 어디를 응시하는지 모르는 눈빛. 여기 있지 않는 눈빛. 그러기에 그린 이는 마음이 아팠을 것이고 그리면서 뿔테로 가려 버렸을 것이다. 담고 싶지 않았을 거다.

안락의자에 파묻혀 축 처진 여자. 그림 속의 여자는 계속 불행하다. 산처럼 부른 배를 가진 여자는 계속 불행하다. 하염없이 담배를 피우거나 하염없이 담배 연기를 보고 있다. 여자가 어디를 보는지, 여자의 마음이 어디로 가 있는지 그린 이는 모른다. 그러하기에 그 여자를 그린 이도 불행하다.

스케치나 다름없는 소품으로 보는 이의 마음에서 동요가 일어나게 하다니. 뛰어나다. 대상을 얼마나 깊이 들여다보면 그럴 수 있을까.

순간 나는 알아차렸다. 아마 그 순간은 평생 잊을 수 없을 것이다. 내 삶의 빛이 심하게 굴절되어 버린 듯했다. 지금까지 그 빛은 조금씩 부딪혀도 앞으로 나아가고 있었던 것 같은데, 그 순간 너무나 큰 각도로 꺾여 버렸다. 그래서 앞으로 그 빛이 어디로 갈지, 뻗어 나갈지 아니면 심연으로 쿡 꽂혀 버릴지 짐작조차 하지 못하겠다. 어떤 예감도 없다.

그렇게 난 내 아빠란 사람과 내 엄마란 사람을 처음 마주했다.

스케치북을 더는 볼 수 없었다. 행복했던 한 시절이 아니고, 너무나 불행하게 느껴지는 한 시절 속의 남자와 여자. 아빠와 엄마. 아빠와 엄마와 배 속의 나. 그러기에 더는 볼 수 없었다. 보던 스케치북을 접어 책장 선반 위에 두고 귀 옆에 앉았다. 머릿속이 멍했다. 얼굴을 떼고 귀를 만져 보았다. 아사 천은 부들부들 부드럽다. 귀는 마치 '내가 다 들어줄게, 얘기해 봐.' 하듯이 귓바퀴를 쫑긋 세우고 있는 것 같다. 말로 표현할 수 있다면 얼마나 좋을까.

깊게 숨을 들이마셨다가 내쉬었다. 테레핀유 냄새에 마음이 차차 가라앉았다. 하지만 아무 생각도 나지 않았다.

천천히 일어나 방을 나왔다. 마루 유리창 앞에 무릎을 세우고 앉아 나무들을 바라보았다. 그러다 가방에서 어젯밤 발견한 엽서를 꺼냈다.

낡은 엽서다. 스카치테이프로 벽에 붙여 두었는지 메모가 쓰인 면 좌우에 테이프 뗀 자국이 있고 모서리도 조금씩 해졌다. 그리고 종이도 색이 바랬다. 엽서에는 내가 처음 본 외국어와 영어로 설명이 적혀 있었다. 내가 처음 본 외국어 옆에 영어로 다시 적어 놓은 식이다.

'THE STATE TRETYAKOV GALLERY' 라는 문구가 맨 위에 적혀 있다. 트레트야코프라고 읽나? 국립 트레트야코프 갤러리에 있는 그림이다. 엽서 아래에 화가 이름이 있다. 화가 이름은 갤러리 이름만큼 어렵지 않다. '미하일 브루벨(Mikhail VRUBEL). 1856-1910', 다음 줄에 「Demon(Seated). 1890」, 그다음 줄에 'Oil on canvas. 211×114' 라고 적혀 있다.

'제목이 악마? 앉아 있다? 1890년에 그린 거야? 가로 이 미터가 넘네. 진짜 크다.'

제목에 한 번 놀라고 그림이 그려진 연도에 놀라고 마지막에는 캔버스 크기에 놀랐다.

엽서를 뒤집어 그림을 보았다. 엽서 그림은 내가 처음 보는 그림이었다. 오래된 엽서인 데다 인쇄 상태도 좋지 않아서 그림이 선명하지 않았다.

어떤 사람, 아니 악마가 그림 절반 이상을 차지하며 중앙에 앉아 있다. 벗은 윗몸의 근육을 봐서는 남자 같다. 그런데 곱실한 머리칼로 봐서는 남자라고 딱 잘라 말할 수도 없을 것 같다. 아무튼 이 악마는 파란색 바지만 입고 깍지 낀 손을 늘어뜨린 채 앉아 있다. 악마 왼쪽 옆으로 꽃들이 피어 있다. 색도, 선도 세세하게 구별되지 않는다. 다만 채도가 낮은 청회색, 청보라색 정도의 색이 주조를 이루고 있다. 그런데 악마의 얼굴이 담담해 보이기도 하고 슬퍼 보이기도 하고 화가 난 것 같기도 하다. 여러 가지 복합적인 느낌을 주는 인상이다.

'아빠가 좋아하는 그림인가?' 하고 생각하면서 뒤집어 엽서 뒷면을 다시 보았다. 유독 '031-945-43**' 아빠의 전화번호가 눈에 띄었다. '전화해 볼까.' 하는 생각도 잠시, 아까 방에서 보았던 여자 크로키들이 떠오르면서 나도 모르게 고개를 흔들었다. 내 짐작대로 나의 과거는 장마 때 이불처럼 눅진하고 누추하기만 할 것 같다는 생각이 들었다. 그렇게 무릎을 세우고 앉아 마당의 나무들만 바라보았다.

시간이 얼마나 흘렀는지 모르겠다. 일어나려고 몸을 일으키다 바로 주저앉았다. 무릎이 무척 저렸다. 다리를 펴서 손으로 주무르면서 미정이한테 문자를 보냈다.

나 좀 데리러 와 줘. 어제 왔던 그 집이야.

바로 답 문자가 왔다.

기다려. 나 학원에 있어. 택시 타고 금방 갈게.

미정이는 홍대 앞 미술학원에 있나 보다. 평일 저녁도 모자라 토, 일요일에도 수업을 받다니. 나는 천천히 일어났다. 몸이 무거웠다. 신발 속에 발을 집어 넣고 뒤꿈치를 꺾어 눌렀다. 마당을 지났다. 빛나던 햇살은 사라진 뒤였다. 대문을 열고 밖으로 나왔다. 철컥, 대문이 닫혔다. 대문 앞 턱에 앉았다. 무릎 위에 가방을 올려놓고 얼굴을 묻었다.

오래 지나지 않아 골목 저 앞에서 뛰어오는 발소리가 들렸다. 미정이가 숨을 할딱이며 내 옆에 앉았다. 하지만 나는 꿈쩍하지 않았다.

"무슨 일이야? 괜찮아? 여긴 언제 온 거야?"

나는 말없이 고개를 들었다.

"너 얼굴이 창백해. 여름방학 때 그 얼굴 같다고."

어디서부터 얘기해야 할지 모르겠어서 가만히 있다가 가방 위에 있는 그 엽서를 미정이한테 내밀었다.

미정이는 엽서 그림을 힐끗 보더니 바로 뒤집어 메모를 읽었다. 한동안 말없이 있다가 골목 끝 쪽을 보면서 나에게 말했다.

"이 집에 온 보람이 있구나."

"정말 보람이 있을까?"

미정이도 나도 더는 말하지 않았다.

오랫동안 기다려 왔는데……. 오늘 본 그림은 엄마 아빠의 존재가 기쁘지 않다는 것을 여실히 보여 주었다. 엄마 아빠가 어떤 모습으로 내 앞에 나타날지…… 그림 속의 모습대로라면 나타나지 않는 것이 나을 것 같았다. 그림 속의 불행한 모습이라면 만나지 않는 게 좋겠다는 생각과 더는 기다릴 수 없다는 생각이 한꺼번에 밀려들었다.

"한동안 이 집에서 학교에 다녀야 할 것 같아."

"그게 무슨 말이야?"

"이 집에서 지내야 할 것 같다고."

"그럼, 이 집에서 잠을 잔다는 거야? 혼자?"

"어."

"안 돼. 오랫동안 비어 있던 집이잖아. 아파트라면 모를까. 집이 낡아서 담장도 허술하고 대문이나 현관도 허술하고……. 너 혼자 이 집에 있는 건 위험해. 마음이 안 놓여."

나는 잠시 뒤 미정이를 보며 단호하게 말했다.

"이 집에 있어야 할 것 같아."

미정이는 말없이 나를 바라보기만 했다.

엄마와 아빠가 어떤 모습이든 이쯤에서 멈추기 싫다는 생각이 강하게 들었다.

첫날 밤

아침에 일찍 일어나 상수동 집에 갈 준비를 했다. 한동안 집을 비울 것 같아 청소를 해 두기로 했다. 먼저 우유를 한 컵 마셨다. 세탁기에 빨래를 넣은 뒤 돌려 놓고 청소기를 밀기 시작했다. 걸레질을 할 차례인데 배가 좀 고팠다. 남아 있는 우유를 컵에 따라 다 마셨다. 걸레질을 하고 빨래까지 널고 나니 11시가 다 되어 있었다.

아침 겸 점심을 먹으려고 부엌으로 갔다. 냉동실에 넣어 놓은 밥을 꺼내 찜 솥에 넣고 가스레인지 불을 켰다. 한동안 상수동 집에 가 있을 거라 새 밥을 할 필요가 없을 것 같았다. 대충 밥을 먹고 설거지를 해 두었다.

겉옷과 속옷 몇 벌 싸면 되겠지 싶었는데 짐을 싸기 시작하자 막상 챙겨야 할 게 많았다. 이불, 베개, 세면도구, 수건, 먹을 것들 등 여러 가지가 떠올랐다. 사람이 살던 집이니까 이불이나 베개는 있지 않을까 싶어 옷가지와 세면도구, 그리고 쌀과 김치, 밑반찬과 참치 통조림 두 개, 김을 집어 들었다. 끓여 놓은 미역국도 락앤락 통에 담았다. 밥솥도 있겠지. 못해도 냄비는 있겠지 싶어 쌀만 넣었다. 옷가지, 세면도구와 먹을 것을 따로 담으니 가방이 두 개다. 어두워지기 전에 그 집에 도착하려고 이른 저녁을 먹은 뒤 출발했다. 혹시 무슨 일이 있을지도 모르겠다 싶어서 차를 가져가기로 했다.

상수동 집 마루에 들어서자마자 가방을 내려놓고 불을 켰다. 곧바로 부엌으로 향했다. 미닫이문 안쪽은 예상대로 부엌이었다. 안으로 들어서자마자 바로 전깃불을 켰다. 냉장고도 있고 싱크대 한쪽에 가스레인지도 있다. 가스레인지를 보니, 밥솥이나 냄비만 생각하고 화력은 생각하지 못했다는 것을 알았다. 가스레인지는 화구가 두 개짜리로 가장 단순한 모델이었다. 오랫동안 쓰지 않아서 깨끗했다. '가스불이 안 켜지면 어떡하지?' 하고 걱정하면서 밸브를 세로로 세우고 불을 켜 보았다. 한참 동안 타타타타 소리가 난 뒤 불이 붙는다. 아, 이 집에서 몇 년은 살 수 있겠다 싶었다.

다음은 부엌 바로 맞은편 방으로 갔다. 방문은 쉽게 열렸다. 방 크기는 옆방보다 컸다. 아래에 서랍이 두 칸 있는 작은 장롱이 하나 있고 마당 쪽으로 나 있는 유리창 쪽에 앉은뱅이책상이 있다. 아파트에 있는 할머니 앉은뱅이책상과 똑같다. 앉은뱅이책상 건너편에 안락의자가 있다. 그림에서 보았던 주황색 꽃무니 안락의자다. 그리고 옆 벽에 달력이 있다. 달력은 2009년 7월에 멈춰 있다. 아파트 달력과 똑같은, 제약회사 달력이다. 할머니가 걸어 놓았나 보다.

장롱 문을 열어 보았다. 벚꽃이 얌전히 포개져 있다. 두 채의 이불과 요가 있다. 베개도 두 개다. 한눈에 띄는 건, 아파트의 이불, 요, 베개와 커버가 같기 때문이다.

작년 겨울에 할머니가 이불과 요, 베개 커버를 새로 맞춰 왔다. 벚꽃이 중간에 휘날리고 있고 살구색으로 넓게 테두리를 박아 아주 산뜻하고 모던해 보였다. 할머니와 새 커버를 다 씌운 다음 요 위에 누워 기지개를 펴면서 말했다.

"진짜 꽃잎 위에 누워 있는 것 같아, 할머니. 폭신해."

"맘에 들어?"

"어, 엄청. 할머니도 할머닌가 보다. 꽃이 좋아지는 거 보면."

"그러냐? 일본 국화긴 하지만 벚꽃이 얼마나 곱냐? 바람에 하늘하늘 휘날리다 떨어지는 게 참 예뻐."

"올봄에 우리 벚꽃 구경 갈까? 여의도나 그런 데."

"일본에 갈까?"

"일본? 벚꽃 보러 일본까지?"

"그래……. 내가 벚꽃이 예쁘다고 처음 생각한 곳이 일본이었다."

"할머니 언제 일본 갔었어?"

"할머니 젊었을 때 일본으로 유학 갔었다."

"뭐? 진짜? 근데 왜 그걸 인제 말해?"

할머니는 머리맡에 앉아 말없이 그저 내 머리칼만 쓰다듬었다.

그때가 토요일 오전이었다. 할머니가 이불과 요를 정리해 놓고 병원에 출근한 뒤, 나는 그날 처음이자 마지막으로 할머니 방을 온통 뒤졌다. 더는 참을 수가 없었다. 뭐 때문에 나에게 아무 말을 못하는지, 뭐 때문에 가족 이야기를 숨기는지. 엄마 아빠 없이도 살아왔지만 그게 얼마나 아슬아슬한 일상이었는지, 얼마나 허술한 거였는지, 집이나 학교에서 아무렇지도 않은 듯 지내려 애쓰는 게 얼마나 힘들었는지 할머니는 짐작조차 못할 것이다. 그날 모든 게 폭발해 버렸다. 다 뒤져도 아무것도 알 수 없다는 사실에 절망해서 앉은뱅이책상 옆에 마냥 앉아 있었다.

그즈음 이 집의 이불과 요 커버도 바뀌었나 보다. 할머니는 이 집의 이불과 요 커버를 바꾸러 와서 무슨 생각을 했을까. 일본에서의 기억들을 떠올렸을까. 할머니가 사랑했던 일본인 할아버지와 사라져 버린 아들과 며느리를 생각했을까. 그리고 할머니한테 툭 떨어진, 온전히 할머니 몫이 되어 버린 나를 생각했을까.

그날 기억이 떠올랐지만, 괴로운 것은 잠시였다. 이 집에 이불이 있다는 것이 무척 반가웠다. 이제 이 집에서 몇 십 년은 살 수 있을 것 같았다.

이 집에서의 첫날, 나는 두렵거나 무섭지 않았다. 먹을 것이 든 가방에서 반찬들을 꺼내 냉장고에 넣은 뒤 전기 코드를 플러

그에 꽂았다. 싱크대로 가서 여기저기 문이며 서랍들을 열어 보면서 부엌살림이 뭐가 있나 살펴보았다. 수저며 국자, 뒤집개 등등 기본적인 것은 갖춰져 있었다. 냄비도 있고 오래되었지만 밥솥도 있다. 쌀 씻는 스테인리스 볼도 있었다.

그리고 욕실로 갔다. 좁고 길쭉한 욕실이다. 욕조는 없지만 샤워커튼이 달려 있다. 아파트에 있는 샤워커튼과 똑같다. 세면대 밑에 플라스틱으로 된 앉은뱅이의자가 있고 의자 위에 세숫대야가 하나 있다. 그 안에 손잡이가 긴 바가지와 걸레통이 있다. 걸레통 속에는 걸레 세 개가 포개져 있다. 할머니는 걸레를 빨아 말린 뒤 개서 포개어 놓는다. 세숫대야를 꺼내 세면대 위에 놓고 물을 받았다. 맨 위에 있던 파란색 걸레를 담가 물을 흠뻑 적신 뒤에 꾹 짰다.

장롱이 있는 방을 걸레로 훔쳤다. 오래 쓰지 않은 방치고는 먼지가 적기도 하고 방도 크지 않아 걸레 하나로 충분했다. 청소를 대강 마치고 나니 배가 조금 고팠다.

그길로 집을 나와 골목을 지나 왼쪽으로 내려갔다. 내가 오는 길에는 가게가 없었으니 반대편으로 가 보았다. 왼쪽으로 좀 내려가니 작은 슈퍼마켓이 하나 있었다. 거기에서 생수 세 통과 우유 한 팩을 샀다. 밤이어서 선선했고 달빛은 깨끗하고 청아했다. 달빛에 비친 내 그림자까지 투명한 것 같았다. 돌아오는 길 내내 발걸음이 가볍고 대문 열쇠가 돌아가는 느낌까지 부드러웠다.

우유팩을 뜯어 한 컵을 마시고 냉장고에 넣었다. 가방에서 세면도구를 꺼내 와 욕실에서 세수를 하고 발을 씻었다.

방에 들어가 벚꽃 요와 이불과 베개를 꺼내 바닥에 깔았다. 불을 끄고 눕자, 마음이 가라앉는 것이 무척이나 고즈넉했다. 아파트에서의 적막은 낯설고 두려웠는데 이 집에서의 적막은 나를 편안하게 만들었다. 이 집에서의 첫날 밤, 나는 아주 깊은 잠을 잤다.

그 여자는 불행했을까

수업을 마치고 미정이와 교문을 나섰다.

"안 무서웠어? 혼자 자는 거?"

미정이가 물었다.

"어, 전혀. 잠도 푹 잔걸."

"너, 보기보다 겁도 없다."

미정이가 잠시 말이 없더니 다시 말을 이었다.

"무슨 일 생기면 바로 전화해. 가령, 아빠를 만난다든가……."

나는 멈칫했다.

"만날 수도 있겠지?"

"그렇지. 네가 연락하지 않아도 언젠가 다시 그 집에 오실 거 아냐?"

그렇다. 아빠는 지금 나와 할머니의 연락을 기다리고 있을 거다.

"너 연락 안 할 거야?"

나는 잠시 뒤 대답했다.

"당장은 못 할 것 같아. 마음의 준비를 좀 하고……."

"너답지 않게 왜 그래? 마음의 준비는 십칠 년 동안이나 한 거 아냐?"

나는 바로 대꾸를 하지 못했다.

"빨리 아빠를 만나서 너하고 다시 등교했으면 좋겠어."

"너, 혼자 다니기 심심해서 그러는 거구나?"

난 웃으면서 팔꿈치로 미정이 옆구리를 푹 찔렀다.

웬일인지 미정이는 아무런 대응을 하지 않았다. 말도 없었다.

'정말 심심한가? 얘는 다른 애들하고도 잘 어울리는데…….'

미정이가 물었다.

"너 학원은 언제부터 다닐 거야?"

아, 학원 이야기다.

"다들 난리야. 얼마나 열심히 하는데."

"겨울방학부터 다니려고."

"학원 선생들이 걱정해. 손 굳는다고."

내가 아무 말 하지 않자 미정이가 다짐하듯이 말했다.

"겨울방학부터는 정말 학원 다니기야. 학원에다가도 그렇게 얘기해 놓을게."

"알았어. 근데 입시 실기를 벌써 시작한 거야?"

"예비반이어도 2학기 되니까 분위기가 싹 달라. 마치 고3이라도 된 것 같아."

"일주일 내내 학원에서……."

내 말이 끝나지도 않았는데 미정이가 말했다.

"입시 전형이 바뀌는 것도 불안하지만 내가 다른 애들보다 그림을 늦게 시작한 게 더 불안해."

"아직도 그래? 그래서 주말반도 등록한 거야?"

"어, 학원에 가 있지 않으면 불안해서……. 그런데 그림도 잘 그리면서 내신도 괜찮은 애들이 수두룩하더라. 다들 평일에는 미술 학원 다니고 주말에는 국어나 영어 학원 다니더라. 난 그림 따라가기도 버거운데……."

미정이가 말끝을 흐렸다.

"너 그렇게 열등감 가질 거면 학원 당장 그만둬!"

나도 모르게 목소리가 커졌다.

내 말이 끝나자마자 미정이가 벌컥 화를 냈다.

"너 왜 그래? 내가 그림을 누구 때문에 하게 됐는데?"

아, 또 이 얘기다. 내가 학원을 가지 않거나, 학원 수업을 빠지거나 하면 미정이는 꼭 이렇게 말한다. 처음에는 화를 내지는 않았다. 공부도 중간 이하고, 별다른 재능도 없다고 생각했는데, 나로 인해서 자기의 숨은 재능을 발견했다나……. 그러더니 작년 1학년 1학기 중간고사 뒤부터 홍대 앞 미술 학원을 알아보고 월화수목금 열심히 학원을 다녔다. 1학년 여름방학을 지나고 나서는, 열심히 해서 내가 가는 미대에 자기도 갈 거라고 했다.

난 1학년 겨울방학 때 처음 학원 생활을 해 봤다. 일명 동계 특강. 그런데 얼마 못 가 질려 버렸다. 올해 들어서는 정말 건성으로 다녔다. 학원보다 학교 미술실이 편했고, 집에서 그림 그리는 것도 좋았다.

미정이는 다른 것은 바보스러우리만큼 무신경하면서 그놈의 미대에는 끔찍할 정도로 집착한다. 그럴 만도 한 것이 오빠 둘이 좋은 대학을 갔기 때문에 신경을 쓰지 않을 수가 없는 것이다. 내 앞에서나 큰소리치지, 오빠들과 비교하는 엄마 때문에 받는 스트레스가 적지 않은 것 같다.

열심히 일 년 넘게 달린 미정이한테는 휴식이 필요하다. 좀 쉬엄쉬엄 가도 될 것 같은데……. 모르고 시작한 미술, 해 보니 재미있고 재능도 전혀 없지 않다. 하지만 즐거움도 모른 채 테크닉만 익혔다. 나도 하마터면 그걸 모를 뻔했다. 잊어버릴 뻔했다. 그게 가장 중요한데. 그런데 학원에서 나는 손으로 그림을 그린다. 내 손은 기계다. 내 마음은 전혀 감흥이 없다. 손뿐이 아니라 학원에서는 나도 기계다. 이런 얘기를 미정이한테 하고 싶은데 마음에 있는 그대로 말이 나오지 않았다.

"네 마음 알아. 나도 너랑 같이 가고 싶어, 대학까지. 겨울방학 때부터는 꼭 다닐게."

"알았어."

미정이 목소리가 건조하다. 우린 웃지 않았다. 하지만 미정이는 내 눈을 바라보았다. 나도 미정이 눈을 바라보았다. 우리는 한참 그러고 있었다.

학교에서 아파트까지 한 번에 가는 버스가 있는데, 상수동 집까지는 버스를 한 번 갈아타고 십 분 넘게 걸어야 했다. 그런데도 전혀 번거롭지 않았다. 집에 가자마자 교복을 갈아입고 캔버스가 있는 작은방으로 갔다. 캔버스들을 들춰 보고 싶었다. 집 안의 다른 곳처럼 먼지가 별로 없을 줄 알고 아사 천을 확 걷다가 순간 눈을 감았다. 먼지를 옴팡 뒤집어썼다. 눈도 잘 뜨지 못하겠고 매캐해 기침이 나고 코도 알싸했다.

아사 천을 대충 접어 마당으로 나왔다. 현관 앞 턱에 천을 내려놓고 두 손으로 몸 이곳저곳을 마구 털었다. 머리도 여러 번 흔들었다. 입을 꾹 다물었는데도 기침이 계속 나왔다. 그렇게 한참을 해도 먼지가 없어지지 않았다. 오히려 몸에 계속 쌓이는 것 같았다. 안 되겠다 싶어 집으로 들어가 걸레 세 개를 물에 적셨다. 방으로 들어가 캔버스 위랑 바닥을 닦았다. 걸레 세 개로 훔치고, 세 번째 걸레는 한 번 빨아서 방바닥을 대충 닦았다. 날씨가 좋은 날 집 안 청소를 한번 해야겠다 싶었다. 걸레를 빨아 놓고 머리를 감고 샤워를 했다. 찬물이었지만 꾹 참고 후다닥 했다. 그러고 나니 저녁이 되었다. 부엌에 가서 쌀을 씻어 밥솥에 안쳤다. 오래 쓰지 않은 거라 밥솥이 제대로 작동할까 싶었는데, 플러그를 꽂으니 불도 들어오고 취사 버튼도 눌러졌다.

다시 방으로 갔다. 캔버스는 모두 벽 쪽을 향해 세워져 있어서 그림을 보려면 하나하나 꺼내야 했다. 맨 앞의 캔버스를 하나 끄집어냈다. 20호 크기쯤 되는 것 같다.

나무 기둥들. 잔디 깔린 땅에서부터 위로 올라간 나무들이 쭉쭉 뻗어 있다. 나뭇가지에 붙은 나뭇잎들이 조금 보일 뿐 나무는 꼭대기까지 그려져 있지 않다.

나무 기둥들 사이로 한 여자가 지나간다. 또 엄마겠지. 아빠는 또 엄마를 그렸겠지. 여자는 코발트블루 빛, 군청색 원피스를 입었다. 머리에는 챙이 넓은 흰 모자를 썼다. 여자는 오른쪽에서 왼쪽으로 걸어가고 있다. 언뜻 봐서는 똑같은 여자가 여럿 있는 줄 알겠다.

그런데 여자는 한 명이다. 군청색 원피스 자락과 흰 모자에 달린 하얀 끈이 오른쪽에서부터 휘날리기 시작한다. 원피스 자락과 모자는 점점 형상을 갖추어, 캔버스 중간쯤 와서 온전한 한 여자가 되었다. 여자는 여기서도 두 팔을 늘어뜨리고 있다. 맨발이다. 여전히 얼굴은, 표정은 보이지 않는다. 나뭇잎도 정지해 있는 것 같고 잔디도 곧게 서 있다. 바람은 여자에게서만 느껴진다. 바람이 여자 뒤에서 불고 있다. 여자 쪽으로. 여자는 배가 불렀다. 안락의자에 앉은 그 그림에서보다 더 불러 보인다. 여름인가 민소매다. 그래서 늘어뜨린 두 팔이 더욱 길어 보인다. 여자가 서 있는 배경은 얇고 부드럽게 표현했다. 그런데 여자는 거칠어서 도드라져 보인다. 두 팔을 길게 늘어뜨린 채 정지하듯 천천히 움직이고 있는 여자. 정교하고 움직임이 없는 나무 사이를 걷고 있는 여자. 여자에게만 불고 있는 바람. 바람은 캔버스 안의 모든 것을 지나쳐 온전히 여자에게로 향하고 있고 온전히 여자에게만 불고 있다. 그래서 여자는 불안해 보인다. 여자의 형상에서만 붓질이 거칠다. 유화 물감에 테레핀유와 린시드오일을 조금밖에 섞지 않은 듯하다.

언제까지 그림 속의 여자는 불행한 것일까.

해가 진 지 한참 됐나 보다. 거실이 어둑하다. 캔버스를 들고 나가 방문 옆 벽에 세워 놓고 거실 불을 켰다. 밥 냄새가 났다. 부엌에 가 보니 밥솥 보온 버튼에 불이 들어와 있었다. 밥을 퍼 담고 냉장고에서 반찬을 꺼냈다. 김을 잘라 접시에 몇 장 담았다. 거실로 나가 작은 탁자를 들고 왔다. 그 위에 밥과 반찬통, 김 접시, 수저 한 벌을 놓고 거실로 들고 나왔다.

꽤나 배가 고팠나 보다. 후다닥 먹고 다시 탁자를 들고 부엌으로 갔다. 냉장고에 반찬통을 넣고 밥그릇과 수저를 물로 씻어 엎어 놓은 뒤 컵에 물을 따랐다. 컵을 들고 부엌문을 나서는데, 방문 옆 벽에 세워 둔 그 그림이 보였다.

그런데 그림이 달리 보였다. 아니 내가 그림을 잘못 본 거였다. 바람이 여자 뒤에서 불어 캔버스 중간쯤에서 멈춘 줄 알았다. 걸어가던 여자가 중간쯤에서 멈춘 줄 알았다. 캔버스 중간쯤, 나무 기둥들 사이에 서 있는 휘청한 여자. 물기가 하나도 없어 보이는 여자. 그런데 그 여자가 흩어져 있었다. 캔버스 끝, 맨 마지막 나무 기둥 앞에서 군청색 원피스가 잘게 잘게 찢어진 듯 점점이 흩어져 있다. 아까는 왜 보지 못했을까. 점점이 흩어졌다 해도 나무 기둥과 원피스 색은 엄연히 다른데. 그리고 모자는 어디로 가 버렸을까. 이 그림은 미완일까. 어떻게 이렇게 갑자기 흩어지게 할 수 있나. 물컵을 바닥에 내려놓고 캔버스 쪽으로 갔다. 캔버스를 형광등 밑에 눕혀 놓고 다시 들여다보았다. 중간쯤 서 있는, 군청색 원피스를 입은 여자와 점점이 흩어진 원피스 사이에는 나무 기둥뿐이다. 아무것도 없다. 아무리 들여다봐도 그렇다. 여자는 갑자기 흩어졌다. 점점이. 원피스는 찢어졌다. 잘게 잘게. 중간에 서 있는 여자를 그린 뒤 얼마나 지나서 점점이 흩어지게 만들었을까. 물감 농도나 붓질로 봐서 얼마 차이 나지 않아 보인다. 다만 붓만 작은 것으로 바꿔 그린 것 같다.

이 여자에게, 그림을 그린 이에게 대체 무슨 일이 있었던 걸까. 엄마와 아빠에게 무슨 일이 있었던 걸까. 여자를 점점이 흩뜨려 놓은 건 여자를 부정한다는 뜻일까. 그 배 속의 나도 부정한 것일까. 그림은 그림일 뿐이다. 그림 속의 여자가 엄마고, 그 그림을 아빠가 그렸다고 해도 그림은 그림일 뿐이다.

그런데 아무리 이렇게 생각해도 위로가 되지 않았다. 한번 든 생각, 나는 세상에 태어나기 전부터 부정당했다는 생각은 아무리해도 없어지지 않았다. 사라지지 않았다. 그날 내 머릿속에 내 가슴속에 그렇게 그렇게 자리를 잡아 버렸다.

오래된 이야기

몸에서 힘이 쭉 빠져나간 것 같다. 거실 형광등 아래 캔버스 앞에 쪼그려 앉아 계속 그림을 보았다. 더는 잘못 본 게 없다. 산산조각 난 원피스 자락, 점점이 흩어진 여자. 이 그림의 마지막은 이것이다. 바람은 흰 모자를 어디론가 날려 버리고 여자를 흩어 놓았다. 여자는 분열되었다. 아니 감쪽같이 사라졌다는 표현이 맞겠다. 원피스만 흩어져 있으니. 여자의 몸은 어디 있는가. 맨발로 잔디 위에 서 있던 여자는 어디로 가 버렸는가.

나도 모르게 눈물이 흘렀다. 비록 기억 속에 존재하지 않는 부모였지만 나에게도 부모는 있다. 할머니가 아무런 얘기를 해 주지 않아도 부모는 있다. 내가 존재하므로. 내가 존재하는 한, 내 부모는 있는 것이다. 그래서 미지의 세계이긴 하지만, 침묵의 세계이긴 하지만, 나에게도 부모는 하나의 세계였다. 그 세계를 언젠가는 알게 되리라 생각했다. 그래서 엄마 아빠가 없어도 내가 굉장히 불행하거나 초라하다는 생각은 하지 않았다. 누구에게나 미지의 세계는 있으니까. 나에게는 부모가 그렇다고 생각했다. 내가 모르는 사이, 언젠가는, 내가 의식하지 못하는 사이, 그 세계는 차츰차츰 열리리라 생각했다. 그렇게 긴 시간에 걸쳐 나에게로 오고 있다고, 침묵하며 서서히 아주아주 조금씩 오고 있다고 생각했다. 난 그 침묵만 견디면 된다고 생각했다. 그건 생각보다 어렵지 않았다.

적어도, 열여덟 살인 내가 아는, 보통의 부모라면, 그래야 하는 거였다. 이렇게 자식을 한없이 내버려 두는 부모는 없다는 것이 내가 아는 보통의 부모다. 과연 내 부모도 그럴 것인가. 미지의 그 세계가 나에게 열리고 있는 것인가. 그저 두렵다는 생각이 든다. 나에게 일어난 이 일이 끔찍하다는 생각이 든다. 그들이 내 앞에 나타난다 해도 내가 그들을 이해할 수 있을까…….

일어나서 안방에 들어갔다. 장롱 문을 열어 벚꽃 요와 이불과 베개를 꺼냈다. 이부자리를 깔고 장롱 문을 닫는데 아래 서랍 두 칸이 눈에 들어왔다. 그제야 서랍을 열어 보지 않았다는 생각이 들었다. 거실 불을 끄고 다시 방으로 들어와서 맨 위 서랍을 열어 보았다. 예상대로 옷이다. 남자 겨울옷이다. 슬쩍슬쩍 뒤적여 보았다. 고동색 코르덴 바지와 두꺼운 모직 남방들. 그리고 검은 외투 하나. 모두 빛바랜 색이다. 아마도 아빠 옷인 것 같다. 그 그림을 보지만 않았어도 참 반가운 남자 어른 옷이었을 텐데, 꺼내 보지도 않았다. 그 아래 서랍도 아무 생각 없이 열었다. 또 옷이려니 했다. 그런데 웬 보퉁이가 있다. 분홍 보자기로 싼 보퉁이만 하나 있다. 겉을 이곳저곳 손으로 더듬어 보니 옷인 것도 같고 플라스틱 같은 뭔가도 잡힌다. 보퉁이를 꺼내서 벚꽃 요 위로 가져왔다.

분홍 보자기가 자르르 펼쳐졌다. 아기 물건들이다. 내 것인 것 같다. 정말 작다. 모자, 양말, 옷들. 어른 카디건 같은데 단추는 없고 끈만 양쪽으로 달린 윗옷이 몇 벌 있다. 정말 작다. 이걸 내가 입었단 말인가. 하나는 만든 거다. 아무 무늬도 없는 면. 아마 처음에는 흰색이었을 텐데 내가 입으면서, 또 오래 지났으니 이렇게 바랬겠지. '아가방' 이라고 적힌 파우더도 있네. 아가방 파우더. 이렇게 적혀 있다. 하늘색 케이스 위에 곰 얼굴이 그려져 있다. 열어 보니 향이 나긴 한다. 그리고 딸랑이도 있다. 손잡이는 노란 플라스틱이고 헝겊에 솜을 넣어 만든, 눈이 빨간 하얀 토끼가 붙어 있다. 토끼 머리에서 딸랑이 소리가 난다. 그 소리가 아득히 어디 멀리서 울리는 것만 같다.

정말 내가 여기서 살았나 보다. 아기 적 물건들을 보니 마음이 좀 풀렸다. 어쩌면 내가 처음 입었을지도 모를, 끈 달린 누런 윗옷을 손에 들고 냄새를 맡아 보았다. 아기 냄새가 나는 것 같다. 파우더 향과는 다르다. 약간 비리면서도 달콤한 냄새. 세상에 처음 존재한 냄새가 있다면 바로 이 냄새였을 것 같다. 어디서도 맡아 볼 수 없는 그런 냄새다. 나도 갓난아기일 때가 있었다니. 이걸 간직해 둔 할머니가 무척이나 고마웠다.

이 옷만 빼 두고 보자기를 다시 묶어 머리맡에 내려놓는데 툭 소리가 났다. 옷이 닿는 소리가 아니다. 다시 열어서 맨 밑으로 손을 넣어 보았다. 딱딱한 게 만져졌다. 꺼내 보니 검은색 비닐을 두른 노트였다. 겉장을 넘겨 보았다. 빈 페이지. 아무것도 쓰여 있지 않았다. 한 장을 넘겨 보았다. 맨 위에 '지원이에게'라고 적혀 있다. 할머니 글씨다.

'아……'

순간 알아차렸다.

'여기다 적어 뒀구나.'

이제야 찾았다. 이 집에 뒀으니 내가 찾지 못할 수밖에.

무릎 위에 노트를 놓았다. 침을 한 번 삼켰다. 노트 다음 장을 넘겼다.

지원이에게

오늘 하마터면 네 엄마와 아빠 얘기를 할 뻔했다.

이 겨울이 지나면 너는 고등학생이 되겠지만 나는 최대한 늦게 그 얘기를 하고 싶다.

언젠가 내가 너에게 직접 이야기할 날이 올 것이다. 그런데 며칠 전 밤 네 방에서 소리 죽여 울던 네 울음소리가 귓가에 계속 남아 있어 이곳에라도 털어놓아야 너를 볼 수 있을 것 같구나.

내가 그랬다. 너만 낳고 가라고 그랬다. 네 엄마한테.

네 아빠는 나중에 이걸 알고 나서 나와 의절하듯 지냈다.

그런데 어쩌냐. 내 눈에는 보였다. 네 엄마는 몸은 이 집에 있었지만, 마음은 여기 있지 않았다.

그 애가 네 아빠와 처음 내 집에 왔던 날을 나는 아직도 기억한다. 내가 차려 준 밥상 앞에서 그 애는 어려워하는 기색 없이 마구 밥을 먹었다. 나는 그 모습이 무척 애처로웠다. 별 차린 것 없는 밥상이었다. 먹던 밑반찬에 시금치된장국과 계란찜만 급하게 해서 상을 내갔었다. 네 아빠가 여자를 데려온 것도 처음인 데다 처음으로 외박을 한 다음 날이었다. 아들이 연락도 없이 다음 날 한낮에 여자와 대문을 들어섰으니 속으로 얼마나 놀랐는지 모른다. 둘은 점심때가 한참 지나 집에 왔었는데 이미 술을 한잔씩 걸친 뒤였다. 둘은 밥을 한 그릇씩 먹고 또 한 공기를 나눠 먹은 뒤 숟가락을 놓았다.

그 애를 보는 순간 나는 알았다. 대문을 들어서는 그 애의 눈을 보는 순간 나는 그 애가 나와 닮았음을 알았다. 그 애의 눈빛은 버림받은 사람의 눈빛이었다. 참담한 괴로움에 깊이 가라앉은 눈빛. 불안과 경계가 가득하고 무조건 의심 먼저 하는 눈빛. 나도 한때 그런 눈빛을 가진 적이 있었다. 내색은 하지 않았지만, 나는 그 애에게 무척 끌렸다.

지원이, '애이불상'이란 말 아는지. 哀而不傷, 슬퍼하되 마음은 다치지 말라는 말이다. 나는 그 애에게 그 말을 해 주고 싶었다. 내가 일본에서 돌아와 네 아빠와 단둘이 지낼 때 누가 그 말을 해 주었더라면, 나는 그렇게 오래 마음을 닫고 살지는 않았을 거다.

그날 이후 네 엄마는 종종 집에 왔다. 말도 별로 없고 속내를 드러내지도 않았지만, 와서 밥을 먹고는 부엌일을 돕기도 하고 마당도 쓸고 책도 읽고 가고 그랬다. 그렇게 불안해 보이던 눈빛도 내 집에 와서 한두 시간 지나면 순전해졌다.

나는 아들과 그 애의 관계가 궁금했다. 둘이 좋아하는 줄 알았는데 그건 아니었다. 네 아빠는 네 엄마를 끔찍이 좋아하고 있었고 네 엄마는 그만큼은 아닌 듯했다. 그래도 내 아들에게 호감은 있겠거니 했다.

그렇게 몇 달이 흘러 그해 김장을 그 애와 같이했다. 식구들이 생각날 때는 생일도 아니고 몸이 아플 때도 아니고 나에게는, 김장할 때였다. 나 혼자 김치를 담갔으니 몸도 힘들었지만 그것보다 같이 앉아 이야기를 나누면서 이것저것 갖다 주거나 양념 맛을 봐 주거나, 갓 버무린 배추김치 맛을 봐 주거나 하는 사람이 없다는 게 그렇게 외로울 수가 없었다. 그런데 그해는 네 엄마가 있어서 참 좋았다. 내 집 부엌살림을 모르니 어설플 수밖에 없었지만, 부엌 바닥에 엉덩이를 붙이고 앉아 있는 사람이 또 있다는 거, 절인 배추에 양념과 생굴을 돌돌 말아 입 속에 넣어 줄 사람이 있다는 거, 그게 얼마나 좋았는지 모른다. 말없이 갓 담근 김치를 우적우적 먹고 빙긋 웃는 그 애 표정을 나는 아직도 잊을 수가 없다.

아, 그래서 그랬구나. 할머니는 꼭 나와 같이 김장을 담갔다.

내가 초등학생 때는 도우미 아줌마를 김장하는 날 하루 불렀는데, 중학생이 되어서는 둘이서 담갔다. 내 키가 할머니보다 커지면서 특히 김장할 때 내 몫의 일이 많아졌다. 나는 힘도 들었지만, 다른 집은 다 편히 김치를 사 먹는데 우리 집만 유난 떨며 김치를 담그는 것 같아 짜증이 났다. 중학교 때 어느 해는 내가 툴툴거리다 못해 내년에는 절여 놓은 배추라도 사자고 하면서 부엌 바닥에 뻗어 누웠어도 할머니는 화내지 않았다. 날 다독여 갓 버무린 배추김치를 먹어 보라고 팔을 뻗었다.

할머니는 그랬구나. 같이 김치 담그는 게 할머니한테는 각별한 일이었구나. 그것도 모르고 해마다, 김장할 때마다 툴툴거렸던 것이다. 바로 다음 해 김장 때 절여 놓은 배추를 샀어도, 그리고 작년에는 미정이와 미정이네 엄마랑 같이 김장을 담갔어도 나는 투덜댔다. 할머니는 아무 말 하지 않았지만 한편으로는 섭섭하지 않았을까…….

김장을 담그고 나서 며칠 뒤, 일요일 한낮이었다. 그 애는 큰 가방을 하나 들고 내 집 대문을 들어섰다. 초겨울 잔바람이 찼지만 마당에 햇살이 가득했다. 환기를 시킨다고 거실 유리창을 열어 두고 있었는데, 그 애는 여느 날과 달리 현관으로 바로 들어서지 않고 마당에 서서 나를 불렀다. "어머니." 라고. 처음 나를 "어머니"라고 부른 거였는데 나는 직감적으로 알았다. 그 애가 왔음을. 아주 왔음을. 창밖을 보았다. 마당에 서 있는 그 애 머리 위로 햇살이 부서져 내리고 있었다. 낡은 검은색 코트에 청바지를 입고, 녹색 목도리를 두르고 있었다.

그때 자세히 봤어야 했다. 그 애 얼굴을, 그 애 표정을, 그 애 눈빛을. 내가 한 발짝만 옆으로 옮겼어도 볼 수 있었을 거다. 그런데 햇살은 그 애 표정을 가렸고, "어머니"라는 말을 듣고 흥분한 내 마음은 그 애를 집 안으로 들이기 바빴다. 나는 나중에야 알았다. 그 애의 마음을. 그때 그 애의 마음을. 그리고 내가 네 엄마를 이 집에서 떠나게 해야겠다고 마음먹은 건, 그때의 네 엄마가 어떠했는지 또렷이 떠오른 뒤였다.

그날 네 엄마는 어깨를 딱딱하게 움츠린 채 두 주먹을 꼭 쥐고 빳빳하게 서 있었다. 네 엄마는 내 집에 살고 싶어 온 게 아니었다. 갈 데가 없어서이기도 했겠지만, 마치 떠밀려 오듯 내 집에 온 것이었다. 어떻게든 현실에 발을 붙이고 싶었던 것이다. 그때의 모습이 불현듯 되새겨지자, 분명 보지 못했던 그 애의 표정이 떠올랐다. 부서지던 햇살이 조금씩 걷히더니 눈빛이 보였다. 그 눈빛은 슬픔이었고 절망이었다. 위태로움이었다. 그 애는 내 아들이 아닌 다른 사람을 사랑하고 있었다. 그 사랑은 그 애의 영혼을 갉아먹고 있었다.

아, 엄마는, 엄마는 그랬구나……. 나는 순간 머릿속이 하얘졌다.

그해가 가기 전에 네가 생겼다. 그때가 셋이 온전히 행복했던 때가 아니었나 싶다. 나는 두 마리 강아지를 살찌울 결심을 한 주인마냥 둘에게 음식을 해 먹이는 기쁨에, 둘이 눈길을 주고받고 손길을 주고받는 모습을 보는 정겨움에 추운 줄도 몰랐다.

무엇보다 배가 조금씩 불러오는 그 애는 아름다웠다. 산부인과 의사였어도 임신한 여자의 몸이 아름답다는 생각을 한 번도 해 본 적이 없었다. 네 아빠를 가졌을 때도 나는 내 몸이 아름답다는 생각을 전혀 하지 못했었다.

네 엄마는 머릿결에 윤기가 흐르고 주근깨가 연해지면서 피부에 생기가 돌았다. 얼굴뿐 아니라 손도 팔도 몸 전체에 윤기가 돌았다. 네 엄마는 부드럽고 포근했다. 말도 행동도 모든 것이 부드럽고 포근했다. 나와 네 아빠에겐 그 애의 모든 것이 기쁨이고 축복이었다.

딱 한 번 네 엄마가 단호한 적이 있었는데, 내가 배가 더 부르기 전에 결혼식을 올리자고 말했을 때였다. 내가 결혼식을 올리지 못했기 때문에 그 애한테는 해 주고 싶었다. 마침 개강도 다가왔고 친한 친구들 몇몇 불러서 조촐하게 식을 올리자고 말했다. 그런데 네 엄마가 원하지 않았다. 내가, 나중에 후회할 거라고, 식을 올리고 사는 것과 그렇지 않은 것은 다르다고 했더니, 네 엄마는 나를 빤히 보면서 "지금 이대로가 좋아요."라고 단호하게 말했다. 네 아빠가, "엄마, 지애 하자는 대로 해 줘. 나중에 올려 달라고 할 때 근사하게 올려 줘." 하며 나를 막았다. 네 아빠가 그렇게 말했어도 그 애는 나중에 하겠다거나 너를 낳고 하겠다는 말을 끝까지 하지 않았다.

오롯이 행복하던 것도 봄이 오고 개강하면서 흔들리기 시작했다. 네 엄마는 배가 부른 것을 감추지 않았다. 그런데 학교에 다녀오는 날이면 어깨가 한 뼘은 처져서 돌아왔다. 그건 네 아빠도 마찬가지였다. 나는 짐작했다. 네 엄마와 아빠는 무언의 공격을 받고 있었을 것이다. 대학 교정에서. 혼인 전의 남녀이기에.

얼마 지나지 않아 더 큰 문제가 생겼다. 네 엄마가 달라진 것이다. 그렇게 포근했던 아이가 불안해하기 시작했다. 학교에서 받은 상처와 임신우울증 탓이겠거니 했다. 잘 먹지 않거나 폭식을 하고 잠을 자지 못했다. 네 아빠와 한방을 쓰지 않고 내 방에 와서도 나와 떨어져 잠을 잤다. 급기야 다시 담배를 피우기 시작했다. 임신한 걸 안 직후부터, 거짓말처럼 담배 연기조차 맡기 싫어해서 나도, 네 아빠도 마당에 나가 피웠는데, 그런 그 애가 다시 담배를 피우기 시작한 것이다. 초점 없는 멍한 눈빛으로 줄담배를 피우며 하염없이 연기를 바라보는 일이 잦아졌다. 처음에는 내 앞에서만 그러더니 나중에는 네 아빠 앞에서까지 그러기 시작했다. 엄하게 야단을 쳤지만 그 애는 중단하지 않았다.

임신 육 개월 즈음이었나, 네 아빠가 나가고 없는 사이 네 엄마를 불러 앞에 앉혔다. 남들 말은 다 잊으라고. 잊히지 않으면 그냥 접어 두라고. 일단 배 속의 아이만 생각하라고 했다. 그랬더니 눈에 눈물이 그렁그렁해지면서 네 엄마가 말했다. "그 사람이 보고 싶어요."라고.

나는 더는 묻지 않았다. 그 사람이 네 아빠가 아니라는 것은 직감으로 알았다. 아무것도 생각나지 않았다. 정신이 까무룩 나갔다가 돌아오는 것 같았다. 일단 고개를 돌리고 앉은 그 애를 방으로 들여보냈다. 그러고 생각했다. 어떡해야 하는지. 그 애를 그리고 배 속의 너를 어떻게 해야 하는지.

감쪽같이 속은 것만 같아 화가 무척 났다. 그 애의 웃음, 그 애의 목소리, 그 애의 손길, 그 애가 보여 준 모든 것이 거짓 같았다. 그러자 그 애를 보는 것조차 괴로웠다. 나는 그때부터 네 엄마가 떠날 때까지 눈을 마주치지 않았다. 그것이 나로서는, 그 시간을 견딜 수 있는 유일한 방법이었다.

그랬어도, 배 속에 너를 담고 네 아빠가 아닌 다른 사람을 그리워했고, 그 그리움에 몸도 마음도 말라 가고 있는 그 애가, 솔직히, 안쓰럽기도 했다.

'뭐? 안쓰럽다고?'

나도 모르게 두 주먹이 꽉 쥐어졌다. 할머니를 정말 이해할 수가 없다. 어떻게 이런 엄마에게 연민이 느껴질 수 있단 말인가.

너는 분노할지도 모르겠다. 어떻게 남편이 아닌 다른 사람을 사랑할 수가 있느냐고. 아빠는 뭐냐고. 어떻게 그럴 수 있느냐고.

그런데 나에게 네 엄마는 며느리기 전에 딸이자 친구 같은 여자였다. 나는 혼자 사막을 걷고 있는 내 아들 마음도, 사는 게 사는 것 같지 않을 그 애 마음도 헤아려졌다. 사랑하는 남자와 같이 있지 못하는 고통을, 나는 알기 때문이다.

그렇게 일주일쯤 지나, 네가 태어나면 네 엄마를 떠나보내야겠다고 생각했다. 그랬어도 며칠 시간을 흘려보냈다. 내 마음이 그거 하나인지, 네 엄마를 보내고 너를 키우는 것. 나는 그거 하나만 생각했지, 네 아빠가 그리 헤맬 줄은 미처 생각하지 못했다. 나와, 세상과 그렇게 불화할 줄은 전혀 예상하지 못했다.

내 마음이 확고하다는 걸 확인하고 또 확인한 다음, 네 엄마한테 너만 낳고 가라고 말했다. 애는 절대 보지 말라고 했다. 보여 주지 않겠다고 했다. 그 사람하고 의논하라고 했다. 너를 낳은 직후의 모든 일들을.

네가 태어나고, 나는 거기서부터 네 엄마를 잊었다. 나머지 삶은 네 엄마의 몫이다. 아름다웠던 네 엄마의 모습들, 네 엄마와 함께한 시간 중에 아직도 기억 속에 있는 것들도 있지만, 나는 네 엄마가 부디 잘살길, 행복하길, 그런 바람조차 없었다. 그렇게 네 엄마를 내 마음에서 지워 버렸기에 여태 네가 자라도록 살 수 있었을 거다.

그럼, 엄마는 나를 보지도 않은 건가. 단 한 번도 보지 않은 건가. 그냥 그렇게 떠난 건가……. 가슴속에서 울컥 뜨거운 것이 치밀어 올랐다.

네 엄마는 부모가 일찍 죽어서 어려서부터 모든 것을 스스로 결정해야 했다. 여러 친척집들을 전전하면서 컸고 대학에 와서는 친척들과 연락을 끊었다. 내 집, 나, 내 아들에게서 정착하지 못했으니 그 사람한테서는 정착을 하리라 생각했다. 그 사람이 네 엄마의 삶이자 현실이었으니까. 내가 그 사람한테 가게 했지만, 그건 나의 의지가 아니라 네 엄마의 의지였다. 나는 그렇게 생각했고, 나로서는 그게 최선이었다.

지원아, 네가 다른 남자를 사랑한 엄마를, 네 엄마를 찾아 떠난 아빠를, 엄마 아빠 없이 자라게 만든 나를 원망할지도 모르겠다. 그런데 사람의 마음은 어쩔 수가 없는 것이다. 다른 사람을 사랑한 네 엄마의 마음도, 엄마에 대한 사랑이 극도의 집착으로 바뀐 네 아빠의 마음도 어쩔 수가 없는 것이었어. 그 마음은 내가 말로 설명을 할 수가 없구나.

누구나 최선을 다해 살려고 한다. 되든 안 되든, 누구나 그렇다. 나도 그렇다. 간신히 최선을 다해 여름을 견뎠다. 하지만 정말 최선이었을까. 할머니가 엄마를 보낸 것이 정말 최선이었을까. 모르겠다…….

네가 이만큼 크고 나니 나를 원망했던 네 아빠에게 미안하다는 생각이 드는구나. 나도 늙었다, 정말 늙었지. 자식의 인생을 본인에게 맡겨야 하는데 내가 끼어들었다는 생각이 이제야 드는구나.

내가 죽기 전에 네 아빠가 돌아올까. 네 아빠에게 미안하다는 말을 꼭 한 번은 해야 하는데. 나이가 들면 웬만한 건 다 짚이는데 이건 모르겠다. 네 아빠가 언제 돌아올지. 다만 언젠가는 오리라 믿는

다. 그래서 이 집을 계속 돌보고 있었다. 이 집은 네 아빠 이름으로 되어 있다. 고등학생이 되면 너를 데리고 이 집에 와야겠다. 목련이 피는 봄이 되면, 자귀나무 향이 마당을 가득 채우는 여름이 되면…….

태어난 요일에 따라 성격이 정해진다는 옛사람들 말처럼, 일요일에 태어난 너는 싹싹하고 유쾌하고 명랑했다. 나는 너를 키우면서 네 아빠를 키우던 그 시절이 얼마나 행복했는지 뒤늦게 알게 되었다. 누구나 다 어린 시절이 있다는 거, 그게 얼마나 축복인지 나는 너로 인해 알게 되었다. 이렇게 늙은 나도 어릴 적이 있었다는 거…… 나는 너를 통해 말로는 다 못할 기쁨을 누렸다.

이 편지는 서두에 불과하다.

조금만 시간을 두자.

2008년 1월

할머니의 긴 편지는 그렇게 끝이 났다.

2008년 1월이면 중학교 마지막 겨울방학 때다.

'조금만 시간을 두자.' 할머니는 그렇게 끝을 맺고 있다.

할머니가 얘기한 건, 엄마 아빠의 한 단면이다. 그때 엄마 아빠는 인생의 소용돌이를 지나고 있었다. 엄마 아빠의 한 단면. 내가 읽은 건 한 단면이다. 그랬어도 머릿속이 하얘진 것 같다. 아무 생각이 떠오르지 않는다. 그렇게도 궁금하던 아빠와 엄마 이야기를 알게 된 것인데도.

시간은 새벽 1시가 지나 있었다. 노트를 덮어 보퉁이 위에 얹어 두었다. 불을 끄고 누웠다. 잠시 캄캄하더니, 유리창 커튼으로 스며든 달빛이 방 안에 깔린다. 무척이나 피곤한데도 잠이 오지 않았다.

오직 한 가지.

엄마가 나를 보지도 않고 가 버렸다는 것, 나를 본 적도 없다는 사실만 떠올랐다. 그러자 미쳐 버릴 것 같았다.

이불을 걷어차고 일어나 작은방으로 갔다. 문을 열어젖히고 불을 켰다. 바로 앞 책장에 그 그림이 기대 있었다. 잘게 잘게 찢어져 점점이 흩어져 버린 여자.

나는 그 캔버스를 들고 방바닥으로 내리 던졌다. 쿵 소리만 날 뿐 캔버스는 부러지지 않았다. 다시 들어 벽을 향해 던졌다. 캔버스는 여전히 멀쩡했다. 곧장 부엌으로 달려갔다. 싱크대를 열고 부엌칼을 가져왔다. 오래된 부엌칼은 날이 무뎠다. 캔버스 위에 대고 몇 번이나 그어도 찢어지지 않았다. 나는 칼을 곧추세워 잡고 캔버스 위 한곳을 마구 찌르기 시작했다. 어느 순간 칼끝이 방바닥에 닿았다. 그 틈에 칼끝을 꽂고 마구 돌렸다. 틈이 좀 커졌다. 칼을 힘껏 잡고 그 틈에서부터 쭉 그었다. 캔버스가 찢어지기 시작했다. 다시 칼을 곧추세워 잡고 캔버스 다른 부분을 마구 찔렀다. 구멍이 난 곳에 칼을 꽂고 다시 힘을 줘 아래로 쭉 내렸다. 다시 칼을 곧추 잡고 캔버스를 마구 찔렀다. 그러다 방바닥에 칼끝이 닿는 순간 나도 모르게 손을 멈췄다.

캔버스가 찢어졌다. 캔버스는 오른쪽 상단의 나무 윗부분에서부터 왼쪽으로 비스듬히 찢어지기 시작해서 민소매 원피스를 입은 여자를 관통했다. 또 왼쪽 상단에서부터 곧장 내려와 점점이 흩어진 군청색 원피스 조각들 사이를 지나 찢어졌다.

칼을 내려놓았다. 나도 모르게 엉엉 울음이 나왔다. 찢어진 부분을 손으로 더듬으며 엉엉 울었다. 배 속의 아기를 부정한 건 아빠뿐이 아니었다. 나도 나를 부정했다. 그런 생각이 들자 나 자신이 못 견디게 싫어졌다. 나를 견딜 수가 없었다. 나는 일어나 구석에 쌓여 있는 캔버스와 캔버스 틀을 하나하나 꺼내 던졌다. 방바닥으로 벽 쪽으로 아무렇게나 던졌다. 세워져 있던 것들을 다 던지고 나서야 정신이 들었다.

털썩 방바닥에 주저앉았다. 온몸에 힘이 하나도 없었다. 그렇게 한동안 앉아 있다 캔버스를 한곳에 모으기 시작했다. 빈 캔버스도 몇 개 있고 스케치만 해 둔 캔버스도 있고 완성한 것인지는 모르지만 채색까지 한 캔버스도 있다.

캔버스를 제자리에 두려고 했을 때, 책 한 권이 눈에 띄었다. 캔버스 밑에 오래 눌려 있었는지 책은 조금 뒤틀려 있었다. 세로로 긴 청연두 직사각형에 황갈색 테두리가 둘러진, 낡은 시집이었다. 책을 책장 선반에 두고 다시 정리하기 시작했다.

먼저 캔버스 틀을 구석에 다 세워 놓고 캔버스를 차례차례 그 앞에 놓았다. 방바닥에는 내가 찢은 캔버스와 부엌칼만 남았다. 찢어진 캔버스를 벽에 기대어 놓고 칼은 부엌으로 가져가 싱크대 칼끚이에 꽂았다.

현관문을 열고 마당으로 나갔다. 희미한 달빛이 마당을 비추고 있었다. 나무들 사이를 걸었다. 조금 지나자 어둠이 익숙해졌다. 천천히 똑같은 길을 한 번 더 걸었다.

나뭇잎들 사이로 밤하늘이 보인다. 늦여름 밤공기가 시원하다. 몇 걸음 옮기자 조각조각 보이던 밤하늘이 훤히 보인다. 밤하늘이 이렇게 평화로운 줄 몰랐다. 밤하늘이 이렇게 깊디깊은 줄 몰랐다. 담 너머 골목 저 위쪽으로 물에 휴지가 풀리듯 구름이 편안하게 떠 있다. 유독 저 혼자 삐죽 튀어나온 느티나무의 나뭇가지 하나가 흔들림 없이 밤하늘을, 그 구름을 향하고 있다. 언젠가 오랜 감기가 폐렴으로 번져 입원했을 때 찍어 보았던 내 가슴, 내 갈비뼈 사진이 떠올랐다. 열이 높아 비몽사몽이던 나는 그때 곧게 뻗은 내 뼈를 보면서 아름답다고 생각했었다. 곧고 가느다란 나뭇가지와 검은 잎들이 꼭 내 갈비뼈 같았다. 아름답고, 처연했다.

다시 고개를 돌려 몇 걸음 걷다 보니 눈앞에 마루 유리창이 보였다. 어느 해 초겨울 이 집에 큰 가방을 들고 온 엄마가 섰던 자리가 이쯤일까. 저 유리창 안쪽에서 할머니가 뛰쳐나왔겠지. 그때는 한낮이었다고 했다. 검은 코트를 입고 녹색 목도리를 둘렀다고 했으니 추운 때일 것이다. 엄마는 현실에 발붙이려고 노력했다고 했다. 노력하려고 이 집에 온 거라고 했다. 그런데 그게 잘되지 않았다. 엄마는 다른 남자를 원했다. 엄마는 아름다웠다고 했다. 엄마와 함께 보낸 겨울이 할머니는 온전히 행복했다고 했다. 엄마는 아름다웠다고 했다. 엄마는 이 집에 안주하지 못했다. 엄마는 다른 현실을 원했다. 엄마는 아름다웠다고 했다…….

서 있기가 힘들었다. 나도 모르게 두 손으로 무릎을 짚었다. 눈물이 돌아 볼을 타고 흘러내렸다. 뭐가 뭔지 모르겠다. 아무것도 모르겠다.

천천히 걸어 현관 쪽으로 향했다. 현관에 다다라 왼손으로 벽을 짚었다. 현관문을 겨우 열고 방에 들어가 쓰러지듯 벚꽃 요 위에 누웠다.

나 혼자 바닷속에 잠기네

휴대전화 벨소리에 잠이 깼다. 받지 않으려고 했는데 벨이 계속 울렸다.

“여보세요.”

“너 지금 어디야?”

미정이었다.

“어디긴, 집이지.”

“지금 몇 신 줄 알아? 학교엔 왜 안 오는데?”

알람 소리도 못 듣고 계속 잤나 보다.

“지금 몇 신데?”

“3교시 마쳤어. 너 자고 있었던 거야?”

“어…….”

“전화를 수십 번은 했겠다. 어디 아파?”

“아니, 아픈 건 아니야. 담임한테는 뭐라고 했어?”

“그래도 무단결석해 놓고 걱정은 되는 모양이지?”

“뭐라 그랬느냐니까?”

“아프다고 했어. 내일은 등교할 거라고 했고.”

“고마워. 내일은 학교 갈게.”

“학교 마치고 들를까?”

“내일 볼 텐데 뭐.”

오지 말라는 내 말에 삐친 걸까. 미정이는 잠시 말이 없다가 다시 말을 이었다.

“무슨 일 있으면 바로 전화해, 알았지? 문단속 잘하고.”

“알았어.”

“그럼 내일 학교에서 보자.”

“어.”

전화를 끊고 나니까 으슬으슬 추웠다. 한잠 더 자려고 눈을 감았는데 잠이 아예 깼는지 더는 잠이 오지 않았다. 일어나려고 몸을 일으키는데 몸이 무거웠다. 그리고 목도 아팠다. 어제 늦게 잔 데다 밤바람까지 쐬어 그런 것 같다.

마루로 나가 유리창을 열고 마당을 내다보았다. 며칠 사이 가을이 가까이 왔다. 부서지는 햇살이 따갑지 않다.

작은방 문을 열고 오른쪽 벽에 세워 둔 찢어진 캔버스를 보았다. 내가 한 짓임에도, 내 그림이 아닌 다른 사람의 그림이어서 그런지 멈칫했다. 캔버스 앞에 앉아 손으로 찢긴 면을 더듬어 보았다. 나에게 엄청난 절망을 주었어도, 작품 자체로는 묘한

신비감을 주는 그림이었는데. 더는 볼 수 없어서 안타깝고 아빠에게 미안했다.

다시 일어서는데 어제 책장 선반 위에 두었던 시집이 눈에 들어왔다. 시집을 들어 차례 페이지를 펼쳤다. 책 제목과 같은 「남해 금산」 시는 맨 마지막에 있었다.

남해 금산*

이성복

한 여자 돌 속에 묻혀 있었네
그 여자 사랑에 나도 돌 속에 들어갔네
어느 여름 비 많이 오고
그 여자 울면서 돌 속에서 떠나갔네
떠나가는 그 여자 해와 달이 끌어주었네
남해 금산 푸른 하늘가에 나 혼자 있네
남해 금산 푸른 바닷물 속에 나 혼자 잠기네

'나 혼자 잠기네.' 마지막 구절에서 '아빠'라는 단어가 떠오르면서 가슴이 찌르르 아파 왔다.

책을 덮어 선반 위에 두고 고개를 돌리는데 캔버스 더미 맨

* 출처. 이성복, 『남해 금산』(1986, 문학과지성사)

앞에 놓인 그림이 눈에 띄었다. 유일하게 채색된 캔버스였다. 그 그림을 집어 뺐다. 찢어진 캔버스보다 좀 더 컸다. 25호쯤 되어 보였다. 어젯밤에는 정신이 없어서 어떤 그림인지 보지 못했는데, 지금 보니 이 시에서 영감을 받아 그린 것 같다.

캔버스 사 분의 삼쯤 되는 높이에 수평선이 어렴풋 보이는데 어디가 하늘이고 어디가 바다인지 모를 정도로 어두운 코발트 블루가 캔버스 전체를 덮고 있다. 오른쪽 상단에 보름달이 떠 있다. 보름달이지만 환하거나 맑지 않다. 달무리도 하나 없다. 그래서인지 종잇장을 오려 붙여 놓은 것처럼 딱딱하다. 그리고 마치 나무가 거꾸로 서 있는 것처럼 수평선에서 시작해 바다 속으로 나무 기둥들이 뻗어 있다. 나무 기둥들은 바다 깊은 곳에서야 곁가지를 몇 가닥 붙이고 있다. 짙은 오커색으로 라인만 그려 나무 기둥도 비어 있고 나뭇잎도 하나 없다.

왼쪽 하단에 한 사람이 곧추세운 무릎을 두 팔로 감싸 안은 채 앉아 있다. 움츠린 어깨는 잔뜩 긴장되어 보인다. 머리부터 발끝까지 온통 검다. 바다 저 깊은 곳을 응시하고 있는데, 헝클어진 머리칼에 가려 얼굴은 보이지 않는다. 그리고 원이 그 사람을 둘러싸고 있다. 마치 돌에 갇혀 있는 것 같다. 사람은 검은 물감을 묽게 개서 부드럽게 표현한 반면, 그 사람을 둘러싼 돌은 뻑뻑하게 개서 붓으로 꾹꾹 눌러 거칠게 나타냈다. 돌은 블랙에서 시작해 그 사람 쪽으로 갈수록 밝은 그레이가 됐다. 돌이 그 사람을 조여 가는 것도 같고 그 사람이 화석처럼 보이기도 했다.

계속 보다 보니 바닷속으로 뻗어 있는 나무 기둥이 나무가 아니라 그 사람을 옭아매려는 듯 끊임없이 뻗어 움직이는 밧줄처럼 보였다.

그 사람은 다름 아닌 아빠 자신이었다. 그때 불현듯 아빠의 엽서가 떠오르면서 이 캔버스 속, 바닷속에 앉아 있는 아빠가 엽서 그림의 악마와 비슷하다는 생각이 들었다.

나는 이 그림을 찢어진 캔버스 옆에 나란히 세우고 그 앞에 앉았다. 찢어진 캔버스. 아빠는 이 그림 밖에 존재하면서 자신의 분노를 섬뜩할 정도로 생생하게 표현했다. 바다 그림에서 아빠는 그림 안에 자신을 등장시켰다. 끝도 모를 바다 깊은 곳에 웅크리고 앉은 아빠. 이 그림에서는 '절망'이라는 단어 외에 아무것도 떠오르지 않는다. 돌 속에, 바닷물 속에 혼자 잠긴 아빠…….

가슴이 무척 아팠다. 할 수만 있다면 갇혀 있는 저곳에서 아빠를 건져 올려 주고 싶었다. 그리고 할 수만 있다면 점점이 흩어져 버린 원피스 조각들을 붙여 놓고 싶었다. 할 수만 있다면…….

할머니가 돌아가시고 처음으로 그림을 그리고 싶다는 생각을 했다.

잠시 뒤 책장 옆에 서 있던 이젤을 꺼내 세웠다. 빈 캔버스가 네댓 개 있었는데, 천의 질감이 다 비슷했다. 그중에서 조금이라도 견고한 느낌이 더 나는 캔버스를 집어 들었다. 20호 정도 되는 크기였다. 이젤에 캔버스를 올린 다음 의자에 앉았다. 낡은 이젤이었지만 삐걱거리지 않고 균형이 잘 맞았다.

빈 캔버스를 보며 생각했다.

이 그림을 완성하면 아빠한테 전화해야겠다고.

신기루라 하더라도

나는 캔버스를 가만히 들여다보았다.

처음에는 내가 찢은 그림이니 비슷하게라도 그려 놓아야 한다고 생각했지만 원피스 입은 배부른 여자를 등장시키고 싶지는 않았다. 비슷하게 그린다면 결국 그 여자를 해체시켜야만 한다. 그런데 난 그러고 싶지 않았다. 그리고 아빠가 그린 그림에서처럼 여자 외의 모든 것을 정지한 것처럼, 생명력이 없는 것처럼, 시간의 지배를 받지 않는 것처럼 그리고 싶지도 않았다.

꺼내 놓은 채색 도구들이 쓸 만한지 살펴보았다. 유통에는 깨끗한 기름이 차 있다. 테레핀유와 린시드오일 비율을 어느 정도로 해서 섞었을지는 물감을 개어 발라 보면 알 것이다. 석유통은 비어 있어서 붓 세척액을 따라 부었다. 유화 물감은 오십 밀리리터 십이 색 세트가 A, B 두 통 있었다. 물감 튜브가 울퉁불퉁하다. 아빠가 쓴 물감이라 생각하니 각별하게 느껴졌다. 그런데 코발트블루 물감을 꺼내 뚜껑을 돌렸는데 꼼짝하지 않았다.

나는 책장 선반에 놓여 있던 물감 두 세트를 가지고 방바닥에 앉았다. 내가 주로 쓰려고 하는 색 위주로 열어 보았다. 아이보리 블랙과 샙 그린, 옐로우 오커는 손에 힘을 꽉 주고 몇 차례 돌렸더니 뚜껑이 열렸다. 차이니즈 레드와 존 브릴리언트도 몇 번 시도 끝에 뚜껑이 열렸다. 그런데 번트 엄버는 아무리 힘을 줘도 움직이지 않았다. 물감통을 들여다보니 번트 시에나가 있었다. 번트 시에나에 블랙을 섞으면 고동색을 얻을 수 있다. 번트 시에나 물감은 다행히 뚜껑이 열렸다. 아직 내가 쓸 물감을 다 열어 놓지 못했는데 왼손 엄지 주변이 아팠다. 제일 많이 쓸 것 같은 블루 계열 물감이 남았다. 코발트블루를 다시 들어 손에 쥐었다. 왼손으로 뚜껑을 잡고 힘껏 돌렸다. 뚜껑이 조금도 돌지 않는다. 다시 한 번 힘을 주고 뚜껑을 돌렸다. 뚜껑은 여전히 그 자리다. 숨을 들이마신 뒤 왼손에 최대한 힘을 줘 뚜껑을 다시 돌렸다.

"아야!"

뚜껑은 열리지 않고 왼손 엄지 밑 살갗이 벗겨졌다. 너무 쓰라렸다. 아무리 오래 쓰지 않아도 그렇지, 이렇게 꿈쩍도 하지 않을 수 있나 싶었다. 왼손 손바닥을 천천히 주무르다가 문득 이렇게 꽉 닫혀 있는 물감이 당시 아빠 마음 아니었을까 하는 생각이 들었다. 지금은 어떨까, 이제는 괜찮을까. 이 뚜껑처럼 이렇게 꾹 닫힌 채로 그동안 지내 온 걸까……, 갑자기 눈물이 핑 돌면서, 그림을 꼭 완성하고 싶다는 생각이 강하게 들었다.

코발트블루를 왼손에 바꿔 쥐고 오른손으로 뚜껑을 돌렸다. 여전히 꿈쩍하지 않았다. 물감통에서 블루 계열 물감을 다 꺼냈다. 그중 맑은 파랑에 가까운 세루리언 블루 외에 다른 세 가지 물감은 뚜껑이 다 열렸다. 그나마 다행이었다.

물감통을 다시 책장 선반에 올려놓고 의자에 앉았다. 찢어진 캔버스를 바라보았다. 군청색 원피스를 입은 여자가 찢겨 있다. 눈이 자꾸 그쪽으로만 쏠렸다. 벌어진 캔버스 천 사이로 틈이 보였다. 그 안은 캄캄했다.

'저 틈에서 뭔가가 올라올 것만 같네.'

문득 이런 생각이 들었다.

나는 캔버스를 세로로 돌려 다시 세웠다. 아빠는 낮을 배경으로 그렸지만 나는 어둑한 저녁을, 밤을 배경으로 할 것이다.

일단 울트라 마린블루와 하늘색에 가까운 컴포즈 블루를 나이프로 덜었다. 컴포즈 블루를 많이 섞으면 색이 탁해질 것 같아 조금만 섞었다. 울트라 마린블루의 쨍한 파랑 느낌이 살짝 가라앉아 보였다. 유통의 오일을 섞어 내가 원하는 농도로 만든 다음 배경붓으로 캔버스 위에서 아래로 천천히 쓰윽쓰윽 쓸어내렸다. 꼼꼼히 면을 채우기보다 가능한 자연스럽게 발리도록 했다.

그다음 번트 시에나에 아이보리 블랙을 조금 섞었다. 예상보다 짙은 고동색이 나와 옐로우 오커를 섞었다. 이번에는 오일을 아까보다 적게 섞어 물감을 좀 빽빽하게 만들었다. 붓으로 나무 기둥을 그렸다. 은행나무를 맨 먼저, 캔버스 밑에서부터 위로 올려 기둥 라인을 그렸고, 느티나무, 목련, 자귀나무는 점점 멀어져 보이게, 원경이 되도록 그렸다. 아빠는 배경으로 잡은 이 집 마당을 사실적으로 살리느라 나무줄기만 그렸지만 나는 나뭇잎도 그려 넣을 생각이다. 느티나무와 목련, 은행나무에는 초록 잎들이 점점이 흩뿌려져 있고 오른쪽 구석 가장 안쪽에 서 있는 자귀나무에는 짙은 분홍빛 술이 슬쩍슬쩍 보이게끔 했다.

갈증이 나서 물을 마시려고 방문을 열었는데 마루가 어둑했다. 커튼을 걷고 보니 밖이 어두웠다. 벌써 저녁이 된 것이다. 마루 형광등을 켜 놓고 부엌에 가 컵에 물을 따라 가져왔다.

다시 캔버스 앞에 앉았다. 여기서부터가 더욱 중요하다.

아까 찢어진 캔버스의 캄캄한 틈을 바라보다 뭔가가 올라오는 상상을 했다. 검정은 이 세상 모든 빛깔이 합쳐진 색이다. 무엇이든 피어날 수 있고 무엇이든 태어날 수 있다.

일단 아이보리 블랙으로 시작하기로 했다. 아까 나뭇잎을 찍은 붓을 석유통에 씻은 다음 블랙을 묻혀 맨 왼쪽 은행나무 밑동에서부터 누르듯 천천히 찍어 나갔다. 무엇이 피어나게 할지는 지금 이 순간도 모르겠다. 천천히 찍어 나가다 보면 무언가가 떠오르겠지, 무언가가 그려지겠지, 싶었다.

한동안 그렇게 나가다가 잠시 붓을 멈추고 그려진 형상을 보았다. 타원 비슷하게 약간 길쭉한 모양이 되어 있었다. 순간 그 형상이 그림자처럼 보이기도 했다.

'그림자? 사람?'

내가 그리고도 뜻밖이었다.

이제는 결정해야 한다. 사람을 그릴 것인지 아닌지.

나는 찢어진 캔버스를 보았다. 그리고 그 옆에 세워져 있는 바다 그림을 보았다.

'그래, 나는 저기 갇혀 있는 아빠를 건져 올려 주고 싶었어. 그리고 흩어진 저 원피스도 붙여 놓고 싶어. 그런데 너는 왜 원피스 조각들을 붙이고 싶은 거지?'

잠시 멈칫했다. 자문하는 순간 그 답을 알았기 때문이다. 원피스 조각들을 붙인다는 것은 원피스 입은 여자뿐 아니라 그 여자 배 속에 든 태아까지 온전하게 해 놓는 것이다.

세상에 태어나기 전부터 부정당한 존재였던 아이.

그 아이가 여기 앉아 있다.

찢어진 캔버스 그림 그대로 그렸더라도 어쩌면 원피스 조각들을 흩어지지 않게 했을지도 모른다. 아니, 그렇게 그렸을 것이다. 의도적으로 그렇게 했을 것이다. 나는 부정당한 존재가 아니다, 나는 이렇게 멀쩡하게 태어났고 이렇게 멀쩡하게 자랐다는 것을 어떤 식으로든 표현했을 것이다. 나는 나를 복원시켜 놓고 싶었던 것이다.

눈에 눈물이 어렸다. 머릿속이 뒤죽박죽이다. 나를 어떻게든 온전하게 그려 놓고 싶어 하는 나 자신이 측은하기도 하고, 내 인생에 불쑥 끼어든 부모란 존재에 혼란스럽기도 하고, 바닷속에 돌 속에 혼자 갇혀 있는 아빠란 사람이 안쓰럽기도 하고…….

붓을 석유통 속에 던지듯 꽂아 두고 일어나 밖으로 나갔다. 달빛이 마당을 어슴푸레 비추고 있었다. 마당을 몇 발짝 걷지도 않았는데 춥고 힘들었다. 현관 앞 시멘트 턱에 앉았다. 달빛이 닿은 나뭇잎들이 은은하게 빛나고 있었다. 그러다 눈길이 대문가로 갔다.

'너, 기다리고 있구나. 기다리고 있어…….'

그 순간 내 마음을 알아 버렸다.

나는 곧장 일어나 집 안으로 들어가 이젤 앞에 앉았다. 붓에 번트 시에나를 찍어 형상을 만들어 가기 시작했다. 좀 길쭉했던 모양이 둥글해졌다. 이젠 옐로우 오커와 번트 시에나를 번갈아 묻혀 찍기 시작했다. 조금씩 형상이 갖춰졌다. 마지막에는 붓을 깨끗이 씻어 옐로우 오커만으로 마무리했다. 그 형상은 다름 아닌 앉아 있는 사람이었다.

한동안 그림을 살펴보았다. 앉아 있는 사람이 바라보는 쪽에 빛을 넣고 싶었다. 앉아 있는 사람의 시선이 가 닿는 곳은 캔버스 오른쪽, 자귀나무 아래쪽이다. 존 브릴리언트를 나이프로 개어 놓고 제일 작은 붓으로 보일 듯 말 듯, 아주 작은 점들을 천천히 찍어 나갔다. 점점이 부서지는 빛을 그릴 것이다. 눈에 보였다 사라지더라도, 누가 나타났다 사라지더라도. 그게 신기루라

하더라도.

붓을 떼고 그림을 전체적으로 보았다. 아래와 위가 질감 차이가 났다. 아래에 비해 윗부분이 가벼워서 좀 이질적으로 느껴졌다. 마치 나무들이 떠 있는 것 같았다. 그래서 조금 큰 붓에 번트시에나와 블랙을 묻혀 느티나무와 목련, 자귀나무 밑동을 몇 번 눌러 주었다. 그리고 오일을 조금만 섞어 나무들 잎사귀에 덧칠을 하면서 잎사귀들을 아래쪽으로 붙여 내려갔다. 무게감만 조금 더 줘야지 욕심을 내면 아래위가 역전이 되어 버린다. 조금 풍성한 느낌이 들자 붓을 떼고 석유통에 꽂았다.

일어나 몇 걸음 좀 떨어져 캔버스를 바라보았다.

'앉아 있는 사람을 더 선명하게 그렸어야 했나…….'

피곤해서 그런지 그림이 뿌옇게 보였다. 눈앞이 희미하고 머리가 어질했다.

안방 이부자리 속으로 기어들어 갔다. 미정이한테서 온 부재중전화 여섯 통과 문자 두 개. 내가 없어서 심심했다는 내용과 내일 학교에서 보자는 내용이었다. 시간을 보니 새벽 2시가 지나 있었다. 꼬박 열두 시간 넘게 그림만 그렸다. 잠드는 중에도 내일 일어나면 아빠한테 전화해야겠다는 생각이 들었다.

다녀갑니다

점심 무렵 잠이 깼다. 눈을 뜨자마자 아빠가 남긴 번호로 전화를 했다. 집 번호 아니면 학교 번호일 것이다. 신호음이 울리기 시작했다. 학교 번호이길 바라면서 낯선 글자인 "이-명-원"을 낮게 읊조렸다. 그런데 아무도 전화를 받지 않았다. 집 전화번호인가 보았다.

'퇴근 시간 무렵 다시 전화해 볼까?'

그럼 오늘 아빠를 만나지 못할지도 모른다. 늦게 통화가 되면 곧 밤일 거고…… 십칠 년을 보지 못했는데 하루, 혹은 이틀 늦어진다고 인생이 달라지랴 싶었다. 하지만 마냥 기다릴 수는 없을 것 같았다. 할머니가 계신 파주 납골당 공원까지 한 시간 삼십 분쯤 걸린다. 같은 파주니까 공원에서 아빠가 계신 곳까지 가는 데 한 시간은 넘지 않을 거다.

'멀지 않은 곳에 아빠가 있다……. 차로 가면 금방 도착할

거야.'

나는 파주로 출발하기로 했다. 현관을 나서면서 미정이한테 전화를 했다.

"너 오늘도 집이야?"

미정이가 대뜸 물었다.

"담임 화 많이 났어?"

"담임 너 정도 애 학교 안 온다고 뒤집힐 사람 아니다."

다행히 담임이 별말 하지 않았나 보다.

"내가 담임한테 전화할게."

"너, 학교는 언제 나올 거야?"

미정이 물음에 바로 대꾸가 나오지 않았다.

"아직 잘 모르겠어."

미정이는 화났는지 대답이 없다.

"나, 지금 아빠 만나러 가."

"전화는 했어?"

"전화했는데 받지를 않으시네."

"그런데 무작정 간다는 거야?"

"어."

"너 모르는 데잖아. 어떻게 혼자 간다는 거야?"

순간, 잘 찾아갈 수 있을까 걱정이 되었다.

"너, 설마 운전하고 가려는 거 아니지?"

"운전하고 가려고."

"처음 가는 곳인데 어떻게 가려고?"

"찾을 수 있을 것 같아. 내 예감이 그래."

"예감? 사고라도 나면 어떡하려고 그래?"

"걱정 마. 중간에 할머니 계신 공원에 들러서 알아보고 갈 거야. 전화할게, 아빠 만나면."

"담임한테도 아빠 만나러 간다고 할 거야?"

"있는 그대로 말해야지. 며칠만 봐 달라고."

무슨 배짱인지 모르겠다. 개학날 딱 하루 본 담임인데.

"며칠?"

"어, 며칠."

"아빠 만나는 데 그렇게 오래 걸려?"

"……시간이 걸릴 것 같아."

미정이가 잠시 말이 없더니 물었다.

"정말 다른 일은 없는 거지?"

"없어. 다른 일이 뭐가 있겠니? 이 일이 가장 큰일이지."

"알았어. 무슨 일 생기면 전화해, 알았지?"

"어, 알았어."

담임은 내 말을 있는 그대로 받아 주었다. 2학기 때 새로 온 담임은 기본적인 것만 챙기는 스타일인 것 같다. 애들은 사무적이다, 형식적이다, 인간미가 없다 투덜댔지만, 나로서는 차라리 그런 성격이 편하다. 지금도 그렇다. 담임은 나에게 꼬치꼬치 캐묻지 않았다. 자기한테 힘들면 미정이한테라도 소식을 전해

놓으라고 했다. 나는 꼭 그러겠다고 대답했다.

할머니가 계신 공원으로 출발했다. 오랜만에 파주까지 운전하는 거라 무척 떨렸다. 조수석을 보았다. 그 자리에 할머니가 앉아 있다 생각하자, 떨리던 마음이 조금 가라앉았다.

아빠의 주소지로는 곧장 갈 수도 없다. 모르는 길이니까. 할머니를 만나고 공원 사무실에 들러 길을 물어볼 생각이다. 이럴 때 내비게이션이 있으면 좋았겠다는 생각이 들었다. 그동안 할머니와 나는 내비게이션이 필요할 일이 없었다.

무사히 납골당 공원에 도착했다. 막상 운전하면서는 긴장이 덜했는데도 팔과 어깨에 힘이 들어갔는지 몸이 뻐근했다.

할머니가 무척이나 그리웠다. 그리고 할머니한테서 용기를 얻고 싶었다. 아빠와 마주할 자신이 없었던 것이다. 아무리 상상해도 그 모습이 그려지지 않았다. 처음 만나게 될 그 순간, 그 장면의 아빠도, 나도 그려지지 않았다.

"할머니, 나 아빠 만나러 가."

나는 할머니 앞에서 중얼중얼 말했다.

"오랫동안 상상한 장면인데, 정말 아빠를 만난다고 생각하니까 캄캄해. 도무지 상상이 안 돼. 내가 아빠를 알아볼 수 있을까. 아빠는 날 알아볼 수 있을까. 처음 어떤 말을 해야 할까, 잘 모르겠어."

할머니한테 가면 용기가 생길 줄 알았는데 발걸음이 떨어지지

지 않았다.

"할머니 자주 올게. 아빠 만나게 되면 아빠랑 올게. 할머니 가까이에 아빠가 있어. 할머니는 알고 있었지? 아빠가 와서, 가까이에 있어서 편안하게 있는 거지?"

할머니는 알고 있다. 내가 혼자가 아니라는 것을. 더는 혼자가 아니라는 것을.

공원 사무실 문 앞에 서자 망설여졌다.

'혹시 내가 고등학생인지 눈치채면 어쩌지?'

그렇다고 무작정 차를 몰고 갈 수도 없다. 혹시 의심이 나서 나한테 뭐라도 물어보면 거짓말을 하는 수밖에 없다. 숨을 한 번 들이마셨다가 내쉬고는 사무실 문을 두드렸다. 직원 아저씨 두 분이 장기를 두고 계셨다. 다행히 그중 한 분이 아빠가 살고 있는 아파트를 알고 있었다. 전에 거기 살았었다면서. 공원에서 삼십여 분 정도 걸린다고 했다.

나는 곧장 사무실을 나와서 달리다시피 걸어 주차장으로 왔다. 차 안에 앉아 이마에 맺힌 땀을 닦았다. 바로 출발하지 않고 직원 아저씨가 그려 준 약도를 찬찬히 들여다보았다. 등원 교차로 고가도로까지는 내가 아는 길이다.

'고가도로 내려서 우회전, 그리고 파주 시청 푯말 따라 쭉 가다 보면 오른편에 공설운동장, 왼편에 병원 나오고, 그 병원 지나서 우회전, 그러면 동원 아파트.'

처음 가는 길이지만 그다지 어려울 것 같지 않았다. 내가 아는 파주는 할머니가 계신 납골당 공원이 전부였다. 그래서 파주에 사람이 살고 있는 아파트가 있다는 것이 낯설게 느껴졌다.

평일이라 차도 많지 않고 표지판 안내도 잘되어 있었다. 공설 운동장이 보였을 때 시계를 보니 삼십 분쯤 지나 있었다. 공설 운동장을 지나자 한방병원이 보였다. 그 병원을 지나 우회전해서 들어가니 아파트가 보이긴 했는데, 동원 아파트가 아니라 강일 아파트였다.

"아저씨가 알려 준 대로 왔는데, 어디서 잘못 들었지?"

강일 아파트 앞에 차를 세우고 지나가는 사람에게 길을 물어보기로 했다. 잠시 뒤 아줌마 한 분이 이쪽으로 오는 게 보였다. 조수석 차 유리문을 내리다가, 차에서 내려 물어보았다.

"아주머니, 이 근처 동원 아파트가 어디에요?"

"더 위로 올라가면 있다."

아줌마는 갈 길이 바쁜지 손으로 오른편을 가리키면서 말한 뒤 바로 지나가 버렸다. 오른쪽을 가리키면서 위로 가라니. 혹시 큰길에서 더 위로 가라는 말인가 싶어 다시 골목을 내려가 큰길에 닿았다. 우회전 방향 지시등을 켜고 서 있는데 건너편에 '파주 병원'이 보였다. 순간 공원 직원 아저씨가 말한 병원이 저 병원이 아닐까 싶었다. 우회전한 뒤 조금 올라가자 동원 교회가 보이더니 이어 '금촌 동원 아파트' 표지판이 보였다.

아빠가 살고 있는 곳은 오래된 아파트였다. 내가 사는 곳과 비슷한 고만고만한 동네였다. 본격적인 가을이 아닌데도 이곳의 바람은 서늘했다.

아빠가 살고 있는 101동 앞에 다다랐다. 오후 4시쯤이었다. 아빠 집으로 전화를 해 보았다. 신호음만 울릴 뿐 여전히 응답이 없다. 두 시간쯤 뒤면 퇴근 시간이니 기다리기로 했다. 선생님이니까 어쩌면 좀 더 일찍 집에 올지도 모른다.

그러다 나도 모르게 깜박 선잠이 들었다. 잠에서 깨 시계를 보니 5시 30분이 지나 있었다. 101동 9층으로 올라갔다. 아파트 주변이고 엘리베이터고 사람이 없었다. 908호 앞에 다다라 초인종을 한 번 눌렀다. 아무 반응이 없다. 초인종을 한 번 더 눌렀지만 조용했다. 손잡이를 잡아 오른쪽으로 돌려 보았다. 잠겨 있었다.

긴 옷을 입었는데도 자꾸 으스스 추웠다. 추위도 이길 겸 동네를 돌기로 했다. 다시 엘리베이터를 타고 내려가 무작정 걸었다. 걸어서는 땀이 나지 않을 것 같아 뛰기 시작했는데 일 분도 되지 않아 바로 멈췄다. 그러고 보니 오늘 아무것도 먹은 게 없다. 그 자리에 서서 내 차림을 대충 훑어보았다. 흰색 라운드 티셔츠에 초록색 트레이닝 바지. 머리는 감지 않아 뻗어 있고 세수도 하지 않았다. 이 몰골로 십칠 년 동안 보지 못한 아빠를 만나러 오다니, 나 자신이 한심하다 못해 어처구니가 없었다. 그래도 어쩌랴, 이렇게 여기까지 왔는데.

천천히 아파트 단지를 한 바퀴 돌고 전화를 했다. 여전히 응답이 없다. 다시 천천히 발을 옮겨 단지를 한 바퀴 돌았다. 한 바퀴 돌 때마다 십오 분 정도가 흐르고 아빠는 오지 않았다. 그렇게 일곱 바퀴를 돌았고 시간은 8시가 되어 가고 있었다. 한 바퀴를 더 돌까 하다가 그만두었다. 럭키 세븐, 일곱 바퀴만 돌기로 했다. 그리고 추웠다. 그리고 걷는 게 힘들었다.

다시 101동 9층으로 올라갔다. 혹시 몰라 908호 초인종을 눌러 보았다. 안에서는 여전히 아무런 대답이 없었다. 몹시 실망스러웠다.

'오늘은 만날 날이 아닌가 봐.'

그럼 언제일까. 아빠 전화번호도 알고 집도 아니까 곧 만날 수 있다는 생각이 들었지만 온몸에서 힘이 다 빠져나가는 것 같았다.

가방에서 연필과 16절 크로키북을 꺼내 한 장 찢었다. 뭐라고 써야 할지 머뭇거리다가 천천히 적어 나갔다.

다녀갑니다.
동네를 일곱 바퀴 돌았어요.
저 이번 주는 학교를 쉬고 집에 있어요.
제 전화번호는 010-2663-29**입니다.

다 쓰고는 두 번 접어 현관문 밑으로 밀어 넣었다. 1층으로 내려와 차에 탄 뒤 미정이한테 문자를 보냈다.

아빠 집까지는 왔는데 못 만났어.

바로 답 문자가 왔다.

왜? 집에 안 계셔?

어. 네 시간 정도 기다린 것 같아.

지쳤겠다. 전화번호라도 남겨 놓지.

번호는 남겨 놨어. 넘 힘들어. 배도 고프고.

얼른 집에 가서 뭐 먹어. 담임한테 뭐라 얘기했어?

이번 주는 학교 못 간다고 했어.

담임이 그러래?

어.

담임 관심이 없는 거야, 성격이 좋은 거야?

어느 쪽이든 상관없어.

아빠랑은 어떡할 건데?

전화해서 만나야지. 만나지겠지.

'정말 만나지겠지, 이젠…….' 하는 생각이 들면서 눈시울이 뜨거워졌다.

잠시 뒤 미정이한테서 다시 문자가 왔다.

무슨 일 있으면 바로 전화해야 해.

알았어.

깜깜하니까 운전 조심해. 집에 가서 밥 먹고.

이. 보고 싶다.

나도.

미정이와 문자를 끝내고 마지막으로 한 번 더 아빠 집에 전화를 했다. 여전히 신호음만 울렸다. 나는 더는 주저하지 않고 차에 시동을 걸고 출발했다. 가다 보니 정면에 아파트 단지가 보였다.

'또 아무 생각 없이 밟았네. 어디로 가야 자유로를 탈 수 있지?'

아파트를 나와 기계적으로 계속 직진만 한 것이다. 큰길 쪽으로 나가려고 우회전해서 내려가니 오른편에 주유소가 있었다. 잠깐 내려 주유소 직원에게 자유로로 나가는 길을 물었다. 파주 병원 뒤로 돌아가서 좌회전을 하면 교하 신도시, 문발 IC 표지판이 보일 거라고 했다. 문발 IC면 서울에서 납골당 공원으로 갈 때 빠지는 입구다.

운전하기가 힘들더니, 어느 순간부터 배가 엄청 고프기 시작했다. 문발 IC에서 서울 방향으로 빠져나왔다. 내가 가야 할 곳이 직진만 하면 되는 길이라 무척 다행이었다.

집에 다다라 골목 입구에 주차를 했다. 온몸에 땀이 흥건했다. 무슨 정신으로 운전을 했는지 모르겠다. 시동을 끄고 잠시 핸들에 머리를 묻었다. 그때 휴대전화 벨이 울렸다. 순간 정신이 번쩍 들었다. 전화기 액정 화면을 보았다. 031로 시작하는 번호. 아빠였다.

기다린다, 기다린다

벨이 계속 울렸다. 심장 뛰는 소리와 벨 소리만 들렸다. 이러다 벨이 끊기겠다 싶어 전화기를 밀어 올려 다급하게 말했다.

"여보세요."

잠시 아무 소리가 없다.

"이지원 전화지요?"

아, 아빠도 긴장하고 있구나. 이지원이라니.

"저예요. 저 지원이에요."

나도 모르게 또박또박 말이 나왔다.

아빠가 침을 삼키는 소리.

"오늘 회식이 있어서 9시쯤 왔다. 네가 다녀갈 줄 알았으면 일찍 올걸."

아빠 목소리는 낮고 가늘었다. 그리고 말하는 속도도 늦었다.

"지금 오셨어요?"

"너는 어디니?"

"서울이에요, 집 앞이에요."

"회식 괜히 갔다 싶었다. 선생님들하고 좀 어울려 보려고, 또 처음이라 빠지기도 그렇고……."

나는 무슨 말을 해야 할지 몰라 "네."라는 말만 했다.

"이번 주 학교를 쉰다는 게 무슨 말이니?"

"말 그대로예요. 이번 주 학교 안 간다는 말이에요."

"왜? 무슨 일 있니?"

아, 무슨 일? 그렇게 묻는 아빠가 이해되지 않았다.

'있지요, 무슨 일이. 십칠 년 만에 아빠를 만날지도 모르잖아요.' 라고 대답하려다 말았다.

"일이 좀 있어서요……." 하면서 말끝을 흐렸다.

"내일 집에 몇 시에 있니?"

"내일요?"

내가 머뭇거리자 아빠가 이어 말했다.

"나는 4교시까지 수업이 있어. 내가 4교시 마치고 바로 집으로 갈까 하는데……."

"아, 저도 그때쯤에는 집에 있어요."

"잘됐다. 2시쯤에는 도착할 거야."

"예."

"그래, 오늘 여기까지 와서 피곤하겠다. 일찍 자고 내일 보자."

"예."

그러고는 바로 전화가 끊겼다. 아빠와 나의 첫 대화. 비록 전화지만 십칠 년 만에 나눈 대화인데, 특별함이라고는 없는, 일상적인 내용뿐이었다.

"무슨 일 있느냐고. 아빠를 만나는 거 말고 나한테 중요한 일이 뭐가 있겠어?"

무심한 건지, 나를 만나고 싶지 않은 건지 도통 모르겠다. 골목을 걸어오면서 내내 툴툴거렸다.

집에 와서 미역국에 밥을 말아 먹었다. 입 안이 깔끄럽다. 밥알을 대충 씹고 삼켰다. 너무 추워서 씻지도 않았다. 파주 바람이 많이 찼는지 몸이 심상치 않았다. 열이 나는 것 같다. 나는 옷을 있는 대로 껴입고 이부자리 속으로 들어갔다. 그래도 추워서 장롱을 열어 이불을 하나 더 꺼내 덮었다. 그리고 금방 잠들길, 푹 잠들길 바라며 눈을 감았다. 하지만 잠이 오지 않았다. 이대로 잠들었다가 깼을 때 내일 오후 2시쯤이면 좋겠다고 생각했다. 하지만, 한참이 지나도 잠은 오지 않았다. 내일 오후 2시, 내일 오후 2시. 잠은 오지 않고 이 말만 머릿속을 떠다녔다.

문득 작은방의 귀가 떠올랐다. 나는 느릿느릿 몸을 움직여 귀가 있는 방으로 요를 옮기고 이불을 옮겼다. 귀가 있으니 베개는 필요 없을 것 같았다.

귀 밑에 요를 깔고 몸에 이불을 말았다. 벽 위쪽에 있는 작은 창으로 달빛 한줄기가 흘러들어 오고 있었다. 귀에 얼굴을 기댔다. 내 얼굴을 누가 천천히, 아주 천천히 쓰다듬는 것 같다. 이 상태로 잠들었으면 좋겠다는 생각을 했다.

꿈속에서 어딘가를 바라보고 있는 누군가의 뒷모습이 보였다. 누군가는 앉아 있다. 앉아서 어딘가를 보고 있다. 누군가는 고개를 조금 쳐들고 어딘가를 보고 있다. 꿈은 끊어졌다 이어지고 끊어졌다 이어진다. 뒷모습이 보였다가 옆모습이 보였다가 했다. 거리가 점점 가까워진다. 아까는 멀리서 옆모습이 보였는데 이번에는 좀 더 가까이 다가간 것 같다. 이렇게 방향과 거리를 달리하며 그 누군가와 점점 가까워졌다.

어느 순간 알아보았다. 그 누군가는 나였다. 나는 어딘가를 올려다보고 있었다. 동작은 변함이 없다. 굽혀 세운 무릎 위에 두 손을 겹쳐 올려놓고 있다. 그 자세로 어딘가를 올려다보고 있다. 그 눈길을 따라가 보니 어떤 건물이 보인다. 그 건물을 올려다보던 내가 갑자기 무릎 위에 얼굴을 파묻었다. 왜 그러나, 싶은 순간 어깨가 들썩거렸다. 내가 울고 있다. 울고 있는 나를 보며 나도 울었다, 소리 없이.

아침에 눈을 떴을 때 꿈을 꿨다는 생각이 들었다. 한참을 울고 난 뒤처럼 몸에서 물기가, 수분이 모두 빠져나간 것 같다. 땀을 많이 흘렸는지 몸에서, 옷에서, 이불에서 땀 냄새가 많이 났다. 머리칼도 젖어 있었다. 열은 더 높아지지 않은 것 같다. 그나마 다행이었다.

천천히 일어나 방을 나섰다. 마루 유리창으로 어슴푸레 날이 밝아오고 있었다. 유리창 앞에 앉아 마당을 내다보았다. 유리창을 열었다가 서늘해서 바로 닫았다. 여름이 가고 있는 것이다.

그렇게 앉아 마당의 나무들이 조금씩 형체를 드러내는 것을 지켜보았다. 한순간 내가 있는 이곳이, 집이 아니라 무덤 같다는 생각이 들었다. 할머니 생각이 났다. 가족이었던 할머니와 나. 그리고 한때 가족이었던 아빠와 엄마. 돌아가신 할머니는 파주 공원에, 나는 상수동 이 집에, 아빠는 파주 그 집에, 엄마는 모르고. 가족이라 부를 수 있는 우리는 지금 모두 다른 곳에 있다. 지금까지 이렇게 살았다. 앞으로는 어떻게 될까?

그러자 기다린다는 것이 행위로 느껴졌다. 그렇게 오랫동안 기다렸는데 반나절쯤이야…… 하는 생각이 들었다.

일어나 부엌으로 갔다. 국 냄비에 가스 불을 켜고 밥솥을 보니 불이 꺼져 있다. 아, 그렇지. 밥이 떨어졌지. 밥을 새로 해야 하는데 엄두가 나지 않았다. 그릇에 미역국만 담아 쟁반 위에 얹고 숟가락을 챙겨 마루로 나왔다. 쟁반을 탁자 위에 놓고 마당을 내다보았다. 아까보다 조금 더 환해졌다. 숟가락을 들고 국물을 한 숟가락 떴다. 국물인데도 입 안이 까끌까끌했다. 그래도 먹어야지, 하며 또 한 숟가락 떠서 입에 넣었다. 그리고 또 한 숟가락 뜨는 순간, 꿈에서 보았던, 꿈에서 내가 올려다보고 있던 건물이 떠올랐다. 선명히. 그 건물은 아빠가 사는 아파트였다.

나는 더는 먹을 수가 없었다. 뭐라도 먹어야 하는데 더는 먹을 수가 없었다. 눈물이 주르륵 흘렀다. 울지 않으려고 소매로 눈을 훔치고 유리창 밖을 보았다.

아침이 오고 있다. 아침이 오면 오전이 올 거고 오전이 오면 점심이 올 거고 점심이 오면 오후 2시가 올 거고 오후 2시가 오면 아빠가 올 것이다. 나는 여기 앉아서 아침이 오고 오전이 오고 점심이 오고 오후 2시가 오고 아빠가 오는 것을 기다리면 된다. 여기 앉아서 유리창 밖을 보며 동이 터오고 햇살이 비춰 드는 걸 보면 된다. 아빠가 거기서 오고 있다고 상상하면서.

하지만 더는 앉아 있을 수가 없었다. 오늘 하루를 생각하자 견딜 수가 없었다. 더는 기다릴 수 없을 것 같았다.

나는 달렸다. 아빠가 있는 곳으로. 강변북로에 오르고 나서야, 서울에서 바로 아빠 집으로는 처음 간다는 걸 알았다. 서울을 벗어나면서 '문발 IC', '파주 시청' 이 두 이정표만 머릿속에 되뇌었다.

출근 시간이 되었는지 차들이 늘었다. 집을 나설 때는 아직 어둡다고 생각했는데 어느새 아침이 와 있다. 급하게 나오느라 모자를 쓰지 못했다. 하필이면 날씨도 맑아서 아침 햇살이 나를 환히 비추는 것만 같다. '옆 차선의 운전자들이 나를 쳐다보면 어쩌지?' 하고 생각하는 순간, 뒤에서 "빵빵" 소리가 나더니 오른쪽 차선으로 차가 휙 지나갔다. 내 차가 느리다고 뭐라 그러는 것이다.

"다른 데는 신경 쓰지 말자. 운전에 집중하자. 무사히 도착해야 해. 갈 수 있어."

나도 모르게 중얼중얼 혼잣말을 했다.

그런데 점점 운전하기가 힘들고 몸이 으슬으슬 추웠다. 어제 껴입은 옷 그대로인데도 추웠다. 너무 추워서 히터를 켰다. 그리고 핸들을 잡은 손에 힘을 꽉 주었다. 차 안이 따뜻해지자 혹시나 졸릴까 봐 히터를 꺼 버렸다.

이산포 IC를 지나자 교하 신도시 쪽으로 나가는 입구를 표시해 놓은 안내판이 보였다. 길이 새로 생긴 것 같았다. 문발 IC까지는 몇 분 더 달려야 한다.

'이쪽으로 가면 좀 일찍 아빠한테 도착할 수 있을지 몰라. 아빠가 출근하기 전에 도착해야만 해.'

나는 과감히 오른쪽으로 빠졌다. 그 길 위를 달리는 차는 내가 운전하는 차뿐이었다. 액셀러레이터를 밟은 오른발과 핸들을 잡은 팔에 힘이 들어갔다.

'이지원, 조금만 더 힘을 내자.'

다행히 좀 직진하다 보니 '파주 시청'이 적힌 표지판이 보였다. 오 분쯤 달리자 다시 표지판이 나왔다. 파주 시청 방향으로 좌회전과 우회전…… 저 앞쪽에 공설운동장이 보였다.

아빠가 사는 아파트에 도착하자 나도 모르게 휴우 한숨이 길게 나왔다. 101동 앞에 주차를 하고 나니 몸이 덜덜 떨렸다. 시동을 끄고 시계를 보았다. 8시가 막 지나 있었다. 올라가기 전 아빠 집에 전화하려고 했는데 휴대전화가 없었다. 집에서 나올 때 챙기지 못한 것 같다.

서둘러 차에서 내려 엘리베이터를 탔다. 9를 누르고 엘리베이터 벽에 기댔다. 9층에 도착했다. 908호 앞에 섰다.

초인종을 눌렀다. 아빠는 대답이 없다. 초인종을 또 눌렀다. 여전히 아빠는 대답이 없다. 초인종을 또 눌렀다. 그제야 "누구세요?" 하는 말소리가 들린다. 남자 목소리를 듣는 순간 눈물이 뚝뚝 떨어졌다. 남자는 바로 문을 열지 않았다. 내가 대답을 해야 하는데 계속 눈물이 흘러서 말을 할 수가 없었다. 남자는 "누구세요?"라고 묻기만 한다. 나는 흑흑 소리 내어 울기 시작했다. 잠시 뒤 현관문이 열리기 시작했다. 나도 모르게 울음을 그쳤다. 회색 터틀넥 티셔츠가 보였다. 소매로 눈물을 닦았다. 남자의 얼굴을 보는 순간 나는 아빠임을, 집을 맞게 찾았음을 알았다. 눈동자. 옅은 갈색 눈동자. 나와 같은 색이다. 나는 지금껏 나와 같은, 연갈색 눈동자를 가진 사람을 본 적이 없다. 그 순간 나는 아빠한테 기대 쓰러졌다.

3부

나와 같은 사람

나는 이불 속에 누워 있었다. 왼편으로 나 있는 창으로 들어오는 햇살에 눈이 부셨다. 여러 생각들이 한꺼번에 쏟아졌다.

'얼마나 잔 거지? 아빠와 이 꼴로 처음 만나다니, 아빠를 보면 뭐라고 해야 하나…….'

목이 마르고 배도 고팠다. 집이 조용했다. 조용하다 못해 아무 소리도 들리지 않았다. 이부자리에서 일어나 앉았다. 좀 더워서 겉옷 두 개를 벗었다.

마루로 나가 보았다. 방문 열리는 소리가 삐걱 났는데도 인기척이 없다. 아빠가 없나…… 조금 열려 있는 화장실 문. 거기도 없다. 베란다에도 없다. 맞은편에 방이 하나 있었다. 문이 닫혀 있어서 살짝 열어 보았다. 아무도 없다. 아빠는 어디 갔을까. 문을 다시 닫으려는데, 방 벽에 그림 한 점이 걸려 있는 것이 보였다. 안으로 들어갔다.

그 그림이다. 엽서에서 본 '악마' 그림. 그림은 벽을 온통 차지하고 있다. 흐린 엽서로만 보다 큰 그림을 보니 마치 전혀 다른 그림을 보는 듯하다. 이런 그림 처음이다. 온몸이 굳는 것 같은, 전율을 주는 그림. 그림을 자세히 보려고 방에 불을 켰다.

악마 뒤로 노을이 지고 있다. 윗옷을 벗고 파란색 바지만 입은 악마는 깍지 낀 손을 굽힌 무릎 앞에 늘어뜨리고 앉아 있다. 나는 악마의 눈을 보는 순간 심장이 멎는 것 같았다. 초점 없는 눈. 어디를 보고 있는지 모르겠는 눈. 악마는 고개를 오른쪽으로 갸웃한 채 멍하니 어딘가를 바라보고 있다. 곧 그 눈에서 눈물이 떨어질 것만 같다. 눈이, 눈이 너무나 외로워 보였다. 고즈넉이 앉아 있는 악마. 너무나 외로워 보이는 악마. 하지만 정말이지 무척이나 고혹적인 악마…….

악마는 귀 뒤에 붉은 꽃을 꽂고 있다. 머리칼도 굽실거리며 어깨에 닿아 있다. 악마 주변에 꽃들이 점점이 피어 있다. 해 질 녘의 배경과 악마는 부드럽게, 꽃은 주걱으로 여러 겹 눌러 표현했다. 보라색과 회색, 푸른색과 적갈색 등 여러 색을 많이 썼는데도 채도가 낮아서 그런지 화려하지 않다. 색감이 정말 멋지다. 특별한 색을 쓰지 않았는데도 환상적인 조합을 보여 주고 있다. 어떻게 이런 색이 나올 수 있을까. 꽃들은 그림의 절반을 차지하는 악마만큼 비중이 크다. 모자이크로 표현해서 꽃들이 리듬감 있게 보였다. 한 캔버스 위에 인물과 배경을 다른 기법으로 표현했는데도 이질적으로 느껴지지 않는다. 인물이 드러나 보이기도 하고 배경이 먼저 드러나 보이기도 하고. 둘 다 생생하다. 눈을 뗄 수가 없다. 찬란하다. 그리고…… 슬프다.

몇 걸음 뒤로 물러나 앉았다. 나도 모르게 무릎을 세우고 깍지를 꼈다. 악마는 누군가를 기다리는 걸까? 나처럼. 탄탄한 근육을 가진 악마, 하지만 깍지 낀 손가락은 힘이 없어 보이고, 어깨와 등은 구부정하다. 목도 길게 빼고 있다. 누가 가서 일으켜 세워 주지 않으면 악마는 계속 저렇게 앉아만 있을 것 같다. 악마는 어디를 바라보고 있는 걸까. 갈 길을 몰라 하나, 어디로 가야 할지 몰라서 저렇게 앉아 있나, 나처럼…….

순간 오늘 새벽에 꾼 꿈속의 내 모습이 떠올랐다. 나는 아빠가 살고 있는 아파트를 한참 올려다보다 무릎 위에 얼굴을 묻고 울었다. 엄청 높고 먼 곳에 있어 다다를 수 없을 것 같던 아빠. 사위는 컴컴하고 그렇게 홀로 앉아 올려다보기만 할 수 있고 영영 만날 수 없을지도 모른다는 절망감에 울었다. 악마를 보고 있으니 외로이 홀로 앉아 있는 악마가 나 같다는 생각이 들었다. 그렇게 잠시 앉아 있는데, 깊은 잠을 자고 일어난 것처럼 정신이 또렷해졌다.

그때 방문이 열렸다. 고개를 돌려 보니 아빠가 들어서다 말고 멈칫했다. 나와 눈이 마주친 것이다. 아빠는 말없이 서 있기만 했다. 내 아빠인 줄 알겠다. 머리카락이 드문드문 빨간색으로 빛이 난다. 나도 그렇다. 내 머리칼도 눈동자처럼 연갈색인데,

햇빛을 받으면 그중 더 연한 머리카락들은 붉게 보인다. 햇빛이 아빠 머리칼뿐만 아니라 온몸을 환하게 밝혀 주는 것 같다. 햇살이 아빠를 감싸고 있었지만 난 아빠 표정을 볼 수 있었다. 그 옛날, 가방을 들고 마당에 들어섰던 엄마 얼굴 위로 햇살이 부서져 내려 할머니가 엄마 표정을 보지 못한 것과 달리, 나는 아빠 표정을 볼 수 있었다. 아빠 얼굴은 상기되어 있었다. 동판화 수업 마지막 날 미술 시간이 끝난 뒤 발갛게 달아오른 미정이 볼 같았다.

"배고프지 않니? 일어난 지 한참 됐어?"

아빠의 첫 말.

배. 고프지. 않니. 일어난 지. 한참. 됐어.

십칠 년 만에 만난 아빠의 첫 대사. 그동안 아빠를 처음 만나는 장면을 여러 번 상상했어도 이런 장면은 없었다. 서로 마주 보다가 덥석 손을 잡거나 포옹하거나, 좀 떨어져 있었다면 서로의 눈을 보며 천천히 다가가거나, 서로 마주 보며 말없이 눈물을 흘리거나 하는, 그런 장면……. 내가 상상한 건 소설이나 드라마에나 나오는 장면일 뿐, 현실은 현실이다.

일어나 앉으려고 몸을 일으키자 아빠가 내 팔과 어깨를 감싸며 도와주었다. 순간 어색했다. 아빠와의 스킨십. 내가 어색해하는 걸 느꼈는지 아빠도 어색해하는 것 같다. 내 배에서 꼬르륵 소리가 났다. 정말 현실은 하나도 달콤하지 않다. 이 순간에 배에서 소리가 날 게 뭐람.

"뭐 좀 먹자. 들깨죽 끓여 놨어."

나는 부엌으로 향하는 아빠 뒤를 따라 나갔다. 싱크대 앞 조그만 2인용 식탁 의자에 엉거주춤 앉았다.

잠시 뒤 들깨죽과 김치와 물 컵이 놓여졌다. 들깨죽 냄새가 무척 고소했다.

"네 입에 맞을지 모르겠다."

들깨죽에서 나는 김 때문일까, 눈앞이 흐려졌다.

"내일은 전복죽 끓여 줄게. 대형마트에 갔다 왔어. 다행히 전복이 좋더라. 너는 무슨 죽 좋아하니? 참, 죽 좋아하니?"

눈앞이 점점 흐려졌다. 내가 가만히 있자 아빠가 숟가락을 왼손에 쥐여 주었다. 아빠도 왼손잡이구나.

"참, 오른손에 쥐여 줘야 하는데, 내가 왼손잡이라……."

"아녜요, 저도 왼손잡이에요."

아, 내가 아빠한테 말한 첫 말이 이거라니. 정말 낭만과는 거리가 한참 멀다.

천천히 한 숟가락 떴다. 입 안에 퍼지는 들깨가 부드럽고 고소했다.

"기다릴 수가 없었어요."

나도 모르게 불쑥 말이 나왔다.

"응?"

아빠는 짧게 응답하며 나를 보았다.

나는 숟가락을 죽 그릇에 내려놓은 뒤 아빠한테 물었다.

"제가 보고 싶지 않으셨어요?"

아빠를 올려다보고 싶지만 그럴 수 없었다. 고개를 들면 바로 눈물이 흐를 것 같았기 때문이다.

"어젯밤에 갈까 하다가……."

나는 중간에 아빠 말을 자르고 울먹였다.

"겨우 왔어요, 겨우……."

눈에서 눈물이 흐르기 시작했다. 나는 숟가락에서 손을 떼고 흑흑 울며 말했다.

"여태 안 오다가…… 진작 좀 오지…… 흑흑, 이렇게까지 오게 만드세요……."

나는 엉엉 울었다. 아빠는 내가 앉은 의자를 아빠 쪽으로 돌렸다. 우리는 무릎을 마주하고 있다. 아빠는 손으로 내 눈물을 닦아 주었다. 눈물이 계속 흘렀다. 아빠는 소매로 눈물을 닦아 주었다. 그래도 눈물이 계속 났다. 아빠는 잠시 머뭇거리다 나를 안았다. 나는 엉엉 울었다.

"이렇게까지 오게……."

내가 울면서 말하자 아빠가 나를 힘껏 안았다. 나는 더는 말하지 않았다. 한참을 울며 그렇게 앉아 있었다. 아빠가 사무치게 원망스럽지는 않았다. 하지만 그랬어도 이렇게까지 오래 걸렸어야 했나 하는 생각이 들자 뭐가 그리 서러운지 눈물이 계속 흘렀다. 아빠가 나에게로 왔다는 것이, 아빠 품에 안겨 있다는 것이 믿기지 않았다.

아빠가 두 손으로 내 얼굴을 감싸더니 눈물을 닦아 주고는 귀 뒤로 머리를 넘겨 주었다.

"오래 울면 기운 빠져."

그렇게 말하는 아빠 눈도 빨갛다.

"같이 먹을까? 내 것도 떠올게. 기다려."

아빠가 죽을 뜨다 말고 국자를 내려놓고 욕실로 간다. 욕실로 들어가서 문을 닫는다. 수돗물 소리 사이사이로 아빠의 흐느낌 소리가 들린다. 이 집이 낡은 아파트라서 다행이다. 내 눈시울도 다시 뜨거워졌다. 나는 손등으로 눈물을 훔치며 천천히 죽을 먹었다. 아빠가 끓인 들깨죽은 할머니가 끓인 것과 맛이 흡사했다. 할머니는 아빠에게도 요리를 가르친 걸까. 아빠의 들깨죽은 할머니의 들깨죽 다음으로 가장 맛있었다.

악마와 만나다

아빠는 내가 죽을 거의 다 먹었을 때 욕실에서 나왔다. 다 먹은 죽 그릇을 개수대에 넣고 수돗물을 틀었는데 아빠가 내 손을 잡았다.

"설거지 할 것 없다. 이따 저녁 먹고 내가 할게."

"아녜요, 이거밖에 없으니 지금 금방 할게요."

"너 몸도 안 좋은데, 물에 손 넣지 마라."

오랜만에 들어 본 말이다. 할머니도 내 몸이 시원찮을 때는, 내가 설거지 담당이어도 물에 손 넣지 말라고 하셨는데.

'참, 아빠는 할머니가 돌아가신 걸 모를 텐데…….'

할머니 생각이 나서 순간 멍했다.

"안방이 제일 따뜻하니까 안방에 가 있어. 너, 병원은 안 가도 되니?"

아빠가 수건을 주며 말했다.

"예, 안 가도 될 것 같아요. 열은 내린 것 같아요."

"그래도 병원 가는 게 나을 것 같은데, 언제부터 아팠던 거야?"

어디서부터 얘기해야 할까.

"상수동 그 집에서 지내다가…… 감기가 들었나 봐요."

"상수동 그 집? 그럼, 상수동 그 집 말고 다른 집도 있다는 말이냐?"

"예, 지금은 서대문구에 살아요."

"그랬구나…… 몰랐네. 난 어머니와 네가 거기 살고 있는 줄 알았어."

"상수동 집에 오셨었죠?"

"그럼, 몇 번 갔었지. 거기 안 살아서 아무도 못 만났구나."

"예……."

나는 할머니가 돌아가신 걸 어떻게 이야기하나, 그 생각만 났다.

"그런 몸으로 오게 해서 미안하다, 정말. 너한테는 전부가 다 미안하지. 할 말이 무척 많은데, 무슨 말부터, 어디서부터 얘기해야 할지 모르겠어."

아빠가 자식을 떠나 있다 십칠 년 만에 나타난 거니까 미안해하는 건 당연하다. 그래도 내 앞에서 고개를 숙이고 있는 아빠를 보는 건 기분 좋은 일은 아니었다. 나는 화제를 돌렸다.

"저 방에 걸려 있는 그림, 아빠가 준 엽서에 있는 그림이죠?"

"어, 맞아. '악마'. 화가가 악마를 테마로 그린 첫 작품이야. 제몬 씨자쉬, '앉아 있는 악마'라고도 부르지."

"화가가 어느 나라 사람이에요?"

"러시아 사람. 잠깐만 기다려."

아빠는 건넌방으로 가 화집 한 권을 가져왔다.

"이게 러시아어예요?"

나는 제목인 듯 크게 쓰여 있는 낯선 외국어를 가리키며 물었다.

"응, 미하일 브루벨. 이 화가 이름이야."

"미하일 브루벨. 이름이 참 부드럽고 멋지다고 생각했어요. 그런데 그동안 러시아에 계셨어요?"

"그동안?"

"예, 십칠 년 동안요."

아빠가 잠시 침묵하다가 말을 이었다.

"그동안 두 나라에 있었다. 독일에 육 년쯤 있다가 러시아로 갔지."

화집을 펼치자 브루벨의 자화상이 자그마하게 보였다. 아빠처럼 남자치고는 선이 곱고 섬세하다. 어딘가 못마땅하거나 불편한 것 같은 인상. '악마'처럼 강렬한 그림을 그린 화가 같아 보이지는 않는다. 차례 페이지를 넘기니, 바로 그 그림, '악마' 그림이 있다. 이 화가의 대표작인가 보다.

"이 그림이 좋으냐?"

"좋다기보다…… 너무 놀랐어요. 아까 저 방에서 이 그림을 봤을 때 숨이 멎는 것 같았거든요."

나는 화집의 악마를 보면서 아빠에게 물었다.

"방에 있는 액자가 실제 크기랑 똑같아요?"

"아니, 칠팔십 퍼센트로 줄인 거야. 실크스크린으로 제작한 아트 프린트."

"엽서에서 봤을 땐 좀 슬퍼 보인다, 이 정도였거든요. 그런데 큰 그림으로 보니까, 강렬하면서도 무척 아름다워요. 그림을 보고 전율을 느낀 건 처음이에요. 그리고…… 그렇게 혼자 있는 악마가 나 같다는 생각이 들었어요."

"'악마'라는 러시아 장시가 있어. 레르몬토프라는 작가가 쓴 건데, 낙원에서 쫓겨난 악마가 주인공이야. 브루벨은 이 시에서 영감을 받았다고 해. 악마는 선과 악이 대립하는, 모순이 가득 찬 세상과 불화하는 자를 상징하지. 이런 건 나중에 공부하면서 안 사실이고, 이 그림이 나에겐 중요한 건 다른 이유가 있어……."

아빠는 말끝을 흐렸다.

"언제 이 그림을 처음 보셨어요?"

"독일에 있을 때 모스크바 트레차코프 미술관 대표전에 갔어. 전시회 마지막 날이었고, 그때가 독일에 있은 지 사 년쯤 됐을 때였어. 독일을 떠나야 하는데 어디로 가야 할지 몰라서 고민하고 있었지. 이 그림을 보고 나오면서 러시아로 가야겠다고 생각했어."

"그리고 바로 러시아로 가셨어요?"

"아니, 독일에 이 년쯤 더 있었어. 러시아 말도 배우고 돈도 좀 모았어. 러시아에는 아는 사람이 없으니까 돈이 좀 있어야겠다 싶었지. 그림은 두 층에 전시되어 있었는데 '악마'는 2층 첫 그림이었어. 1층 그림을 다 보고 계단을 올라 2층 전시실로 들어섰는데, 난 이 그림을 보는 순간 온몸이 굳는 것 같았다. 움직일 수가 없었어. 저기 저렇게 앉아 있는 악마가 세상 모든 것들 뒤에 남겨진 나 같았어. 온 세상이 고요하게 느껴졌어. 나도 모르게 눈물이 났다. 그림을 보는 동안 엉엉 큰 소리로 울고 말았지. 그런 경험은 평생 처음이었어. 그 그림만 볼 수 있다면, 그 그림만 볼 수 있다면 앞으로 뭐든 하겠다고 생각했어."

아빠 말을 듣고 있으니 내 마음이 저려 왔다.

"모스크바에 가서 이 그림을 또 봤어요?"

"그럼, 봤지. 셀 수 없이 봤지. 이 그림은 나를 구원해 줬어. 악마는 지상에서도 천상에서도 위안을 받지 못했고 어느 누구도 악마를 이해해 주지 않았어. 하지만 난 이 그림에서 말로 표현할 수 없는 위안을 얻었어. 힘들면 이 그림을 찾아갔어. 이 그림을 마주하고 앉아 있으면 영혼이 편안해졌어. 그리고 살고 싶어졌어. 그리고 용서가 되었어. 그리고 시간이 좀 지나서는…… 그림이 다시 그리고 싶어졌어."

"그래서 다시 그림을 그리셨어요?"

"응. 한국에 있을 때는 그림 그리는 게 좋은 줄 몰랐는데 이때부터는 즐기게 됐어. 아마도 완성도에 집착하지 않으니까 그런 거겠지……. 예전에는 얼마만큼 잘, 독특하게 표현해 냈나, 그래서 어떤 것을 성취했나, 이런 평가나 이목에 집착했던 것 같아. 거기서 자유로워지니까 편해지더라고."

아빠가 잠시 말을 멈추었다가 다시 이었다.

"너를 보러 간다는 생각에 어제 잠을 못 잤는데, 이젠 긴장이 풀렸는지 노곤하네."

그래, 아빠도 날 만난다는 생각에 긴장했구나. 아빠와 나 사이에는 십칠 년이라는 긴 시간이 있다. 나 또한 어디서부터 얘기를 해야 할지, 무엇보다 할머니가 돌아가신 걸 어떻게 얘기해야 할지 모르겠는데, 아빠는 더욱 그럴 것이다.

"참, 아까 마트에 가서 편하게 입을 옷을 사 왔다. 저 방 입구에 봐. 쇼핑백 안에 들어 있어."

"예, 씻고 그 옷으로 갈아입을게요."

"열이 완전히 떨어졌나 보자."

아빠가 손으로 내 이마를 짚었다.

"열은 안 나는 것 같다. 그래도 후다닥 씻어. 또 감기 들지 모르니까."

아빠가 옅게 웃으며 말했다. 눈이 보기 좋게 가늘어지면서 양옆으로 주름이 졌다. 힘없이 처진 그 잔주름에 내 마음이 조금 녹녹해졌다. 부모 자식 사이가 이런 걸까. 미정이도 아줌마의 눈가 주름을 보면 구겨졌던 마음이 풀리는지 한번 물어봐야겠다.

방을 나서다 말고 아빠한테 물었다.

"저 오늘 여기서 자고 가도 되죠?"

아빠는 말없이 웃음만 지었다.

쇼핑백 안에는 연보라색 트레이닝 바지와 라운드 티셔츠, 그리고 흰 러닝과 흰 팬티, 회색 양말이 있었다. 양말은 그대로 두고 다른 옷가지를 꺼내 안는 순간, 눈물이 핑 돌았다. 아빠가 처음으로 날 위해 산 것들. 돈으로 따지면 얼마 되지 않는 이것에 마음이 녹았다. 욕실 문을 열고 들어가려는데 아빠가 마루로 나와 물었다.

"지원아, 할머니가 너 여기 온 거 아시지?"

"예……."

나는 얼떨결에 그렇게 대답하고 말았다. 욕실로 들어가 거울을 보며 생각했다.

'이지원, 왜 머뭇거리는 거야? 오늘 꼭 이야기하자. 이따가 꼭 이야기하자.'

다시는 볼 수 없는 사람

그날 밤, 아빠가 건넌방에서 잔다는 걸, 같이 자고 싶다고, 십칠 년 만에 만난 첫날이니까 같이 자야 한다며 내가 우겼다. 안방에 이부자리를 펴는데 나도 모르게 요 사이에 간격을 좀 벌리고 깔았다. 하나는 폭신한 요고 하나는 얇은 여름 요다. 다행히 이불은 두 채가 있었다. 다음에 올 때 요를 하나 가져와야겠다. 베개도 하나밖에 없어서 아빠는 쿠션을 베야 했다. 나는 폭신한 요에, 아빠는 얇은 여름 요 위에 누웠다.

아빠와 나. 오십 센티미터 정도 떨어져 있다. 조금 떨어져 있는데도 저 멀리에 아빠가 누워 있는 것 같다. 이렇게 잘 거면 건넌방에서 편하게 주무시라고 할걸 그랬나 싶었다.

저녁을 먹으면서도 아빠한테 할머니 이야기를 하지 못했다. 몇 번이나 용기를 냈지만 막상 아빠 얼굴을 보면 입이 떨어지지 않았다. 잠자리에 누워서야 겨우 말을 꺼낼 수 있었다.

"상수동 집에 이곳 주소 쪽지 남긴 거 기억나세요?"

"그럼, 기억하지."

"그때가 언제쯤이었어요?"

"그건 왜? 7월 첫 일요일 아침이었어."

할머니는 그 일요일 오후에 집을 나서서 돌아오지 않았다. 그 쪽지 때문이 틀림없다. 나는 마음이 너무 아파 무슨 말을 해야 할지 몰랐다.

"모스크바에서 알고 지낸 분 소개로 지금 있는 학교에 미술 교사로 일할 기회가 생겨서 귀국했어. 이 집도 그분이 빌려 주었고. 그전부터, 다니던 학교도 마치고 한국으로 돌아가야 한다는 생각을 하고 있던 차에 기회가 생긴 거야. 한국 와서 이틀 뒤에 찾아갔는데 사람이 없어서 쪽지를 남기고 왔다. 한 시간 정도 기다리다가, 차라리 잘됐다, 너무 급한 마음에 준비 없이 와서 어머니 얼굴을, 네 얼굴을 어떻게 보나, 다시 오지 뭐, 했지."

"이사 온 뒤에도 할머니는 그 집을 팔지 않았어요. 세를 주지도 않았고요. 서대문구로 이사 간 건 초등학교 입학 무렵인데, 이상하게도 저는 그 집이 기억나지 않았어요. 그래서 나중에야 알았어요. 그 집이 있다는 거. 할머니가 그 집에 다니셨다는 거."

나는 잠시 말을 중단했다. 침을 한 번 삼켰다가 다시 말을 이었다. 나도 모르게 주먹을 쥐었다.

"할머니는 그 집에 다니러 가셨다가 그 쪽지를 보신 것 같아요. 그리고 아빠 글씨를 알아보셨겠죠. 그래서인지, 그래서 마음이 놓이셨는지…… 돌아가셨어요. 심장마비였어요."

아빠는 목이 메어 말을 잇지 못했다.

"아빠가 그 집에 들른 날과 할머니랑 연락이 끊긴 날이 일치해요. 화요일 오후에 할머니를 찾아냈어요. 상수동 그 집이 아빠 명의로 되어 있어서 경찰이 그 집을 찾을 수 있었어요. 할머니는 마루 탁자에 엎드려 계셨어요."

나는 겨우 말을 마쳤다.

그날 생각이 났다. 눈을 뜬 채 가만히 계셨던 할머니. 할머니 두 눈 위에 얹은 손을 떼지 못한 채 무릎 꿇고 한참을 앉아 있었다. 눈두덩이 뜨거워졌다.

"뜬 눈을 감겨 드리고 손을 뗐을 때 신기하게도 할머니 얼굴이 평온해 보였어요. 할머니는 무척 기다렸나 봐요. 그 쪽지를 보고 마음이 편안해졌나 봐요……."

나는 주르륵 눈가로 흐르는 눈물을 닦았다. 아빠는 계속 말이 없다. 순간, 할머니처럼 아빠에게도 심장마비가 온 건 아닐까, 갑자기 무서워져서 나도 모르게 일어나 아빠 쪽으로 후다닥 기어갔다.

"아빠! 아빠! 아빠!"

나는 두 손으로 아빠 몸을 마구 흔들었다.

그제야, 아빠는 흑흑흑 소리를 내면서 울기 시작했다. 나는 아무 말을 할 수가 없었다. 어른이 아이처럼 우는 건 처음 봤다. 나는 우두커니 앉아 아빠가 울음을 그치기만을 기다렸다. 내 눈에서 흐르던 눈물은 차츰 멎었다. 할머니와 아빠가 만날 수 있었다면. 만날 수 있었다면.

이제 아빠는 저쪽으로 돌아누워 꺼이꺼이 큰 소리로 운다.

나는 내 자리에 누웠다. 눈물이 나려는 걸 꾹 참았다. 아빠 울음소리는 잦아들 기미가 보이지 않는다. 점점 더 방 안을 가득 채워 갔다. 유리창으로 스며든 달빛이 방 안을 희미하게 비추고 있다. 이불이 걷혀 있어 모로 누운 아빠의 뒷모습이 눈에 들어왔다. 아빠 쪽으로 기어가서 뒤에서 엉거주춤 아빠를 안았다. 아빠는 울음을 그치지 않는다. 나는 아빠 등에 얼굴을 묻고 한 팔로 아빠를 안았다.

"아빠, 울지 마세요. 울지 마요……."

눈두덩이 다시 뜨거워지면서 눈물이 주르르 흐른다.

잠시 뒤 아빠가 울먹이며 말한다.

"그것도 모르고 나는…… 찾아가도 어머니를 만날 수 없고…… 기다려도, 기다려도 전화가 안 와서, 어머니가 나를 용서 못해서, 나를 찾지 않으시는 줄 알고……."

아빠가 내 쪽으로 돌아눕는다. 나는 아빠 머리 밑으로 왼팔을 넣었다. 그리고 아빠를 안았다. 남자 어른의 몸이라기에는 무척 얇고 앙상했다. 어깨에 등에 살이 없다. 미정이를 안았을 때는 포근했는데.

아빠는 내 어깨에 얼굴을 묻고, 나는 아빠 어깨에 얼굴을 묻었다. 아빠가 다시 소리 내어 운다. 나는 아빠 뒷머리를 쓰다듬고 등을 쓸어 준다. 아빠 발뒤꿈치가 까칠하다. 나는 오른발 발가락을 움직여 아빠 발가락에 갖다 댔다. 아빠 발가락 위에서 내 발가락이 꼼지락댄다. 아빠는 울음을 그치지 않는다. 내 눈물은 차츰 멎었다. 하지만 내 왼쪽 어깨는 계속 축축하다.

"아빠, 울지 마세요…… 오래 울면 기운 빠지잖아요."

나는 아빠를 꼭 안았다. 아빠가 나보다 키가 컸던 것 같은데 아빠 몸은 생각보다 작았다. 그렇게 밤은 흐르다가 어느 쯤엔가 우리를 잠들게 해 주었다.

나는 여기에 있을 것이다

다음 날, 눈을 떴을 때 아빠 자리가 비어 있었다.

마루에서 아빠 목소리가 들렸다.

"…… 예, 오늘 어머니 산소에 가 봐야 할 것 같습니다. 예…… 갑자기 말씀드려 죄송해요."

마루로 나가 시계를 보니 8시가 넘어 있었다.

"잘 잤니? 나 오늘 내일 학교 못 나간다고 했다."

아빠가 전화를 끊고 나를 보더니 웃으며 말했다.

아빠가 다가와 내 앞에 섰다. 아빠 두 눈이 퉁퉁 부어 있다. 어젯밤에 많이 운 탓이다. 아빠가 두 손으로 내 머리를 쓰다듬고 내 머리칼을 귀 뒤로 넘겨 주고는 말했다.

"배고프지? 전복죽 만들어 먹자. 조금만 기다려."

나는 말없이 끄덕했다. 순간 하품이 나와 손으로 급하게 입을 가렸다. 이상하게 창피했다.

아빠가 두 손으로 내 어깨에서부터 팔을 쭉 쓰다듬고는 손목을 잡았다. 내 얼굴 앞에 아빠 얼굴이 있다.

“아빠라고 불러 줘서 고맙다.”

아빠 눈이 가늘어지더니 눈가에 주름이 졌다.

아, 내가 언제 아빠라고 불렀었나. 기억이 나지 않았지만 나도 같이 웃었다.

“아침 먹고 할머니한테 가요. 이 근처에 계세요.”

아빠는 순간 멈칫하더니 고개를 끄덕였다.

이불을 개려고 안방으로 들어갔는데 어젯밤 떨어뜨려 깔아 놓았던 아빠 요와 내 요가 붙어 있다. 나는 웃음이 났다. 그러면서 가슴께가 따뜻해졌다. 내 이불을 먼저 개고 아빠 이불을 개는데, 아빠 베개가 많이 축축했다.

‘아직까지 젖어 있네. 밤새 울었나. 한숨도 못 주무셨나.’

벽 쪽으로 돌아누워 꺼이꺼이 울던 아빠의 뒷모습이 떠오르자 마음이 저렸다. 이불을 다 개고 아빠가 전복죽 만드는 걸 지켜보았다. 전복죽 만드는 것을 옆에서 보기는 처음이었다. 숟가락을 써서 전복을 껍데기에서 떼어 내는 것도 신기했고, 내장까지 썰어 넣는 것도 신기했다. 내장 때문에 죽 색깔이 푸르스름하다는 걸 처음 알았다. 나는 옆에서 아빠를 돕지 않았다. 도울 수 없다. 요리는, 웬만한 호흡이 아니고서는 같이하지 못한다. 아빠와 내가 친해져야 음식을 같이 만들 수 있다. 무슨 일이든 같이하는 데는 시간이 필요하다.

"할머니가 아빠한테도 요리를 가르쳤어요?"

"응, 너한테도 그러셨니?"

"예, 말을 마세요. 제가 웬만큼 하니까 아예 요일을 정해 놓고 부엌살림을 통째로 맡기셨어요."

"넌 여자애니까 안 그러실 줄 알았는데. 그런데 내가 부엌일을 배우지 못했다면 그렇게 오래 떠나 있지 못했을 거다."

아빠가 전복을 볶기 시작한다.

"그럴 줄 알았으면 할머니가 요리를 가르친 게 잘못이네요."

나는 눈을 찡긋하면서 아빠를 바라보았다. 아빠도 "그런가……." 하며 머리를 긁적였다.

"그래서 할머니가 아빠 걱정을 많이 하지 않았나 봐요. 어디 가서라도 웬만큼 해 먹겠거니, 해서 말예요."

"그럴 리가, 너한테 말을 하지 않아서 그렇지, 자식이 어디 있는 줄 모르는데 속이 얼마나 타셨겠니."

아빠가 불을 약하게 줄이면서 말했다.

아빠가 냉장고에서 조그만 생강을 하나 꺼내 수돗물에 씻고는 숟가락을 뒤집어 잡고 껍질을 벗기기 시작한다. 노르스름한 생강 속살이 보인다. 엄지손톱만큼 잘라 칼로 얇게 자르고 칼손잡이 끝으로 찧어 냄비에 넣는다. 그러고는 찹쌀을 넣어 볶는다.

"생강은 왜 넣는 거예요?"

"아마도 전복의 비린내를 잡아 주는 것 같아."

할머니 전복죽에서도 생강 향이 은은하게 났는데.

찹쌀이 하얗게 볶아졌나 보다. 아빠는 물을 붓고 몇 번 젓더니 뚜껑을 덮고 불을 더 약하게 줄였다.

아빠가 만들어 준 전복죽도 참 맛있었다. 나른했는데 전복죽을 먹고 나니 몸에 기운이 도는 것 같았다.

아빠는 무덤이 아니라 납골당이어서 무척 놀랐다. 내가 운전하는 것보다 훨씬 더 놀란 눈치다. 처음 와 본 건 물론이고 납골당에 대해서 들어 본 적도 없는 듯하다.

"어머니가 여길 원하셨던 거야?"

"따로 말씀하신 적은 없었는데, 할머니 돌아가시기 일 년 전쯤 할아버지를 이쪽으로 모셨어요. 아마 그 전에 이 공원을 알아봐 두신 것 같아요. 할아버지 유해가 도착한 다음 날 바로 이 공원에 왔으니까요. 그때 할머니 자리도 예약해 두셨고요. 할머니 옆 단이 할아버지예요."

"할아버지?"

"아…… 일본 할아버지요."

아빠 얼굴이 순간 굳었다. 잠시 뒤 아빠는 눈길을 돌려 할아버지를 보았다.

"그분이 왜 여기 와 계시냐?"

아빠가 천천히 묻는다.

나는 작년 봄, 일본 손님들이 왔던 이야기를 해 주었다.

"일본 할아버지 처음 본 거예요?"

"응."

"궁금하지 않았어요? 아버진데……."

"난…… 내 태생이 저주스러웠다. 그때는……."

아빠는 말을 잘 잇지 못했다. 어렴풋이 아빠가 이해되기도 했다.

"일본 할아버지랑 아빠랑 많이 닮았어요. 내가 아빠랑 닮은 것처럼요."

아빠는 말이 없다. 다시 눈을 돌려 할머니 쪽을 본다. 할머니 유골함 옆에는 할머니가 쓰던 묵주와 영정사진이 끼워진 액자가 있다. 고등학교 입학식 날 사진관 가서 찍은 그 사진이다.

"어머니, 참 고우시다. 나 때문에 마음고생 많이 하셨을 텐데……."

나는 아무 말 하지 않았다. 할머니는 내 앞에서 늘 씩씩했다. 그런 할머니가 새삼 고마웠다. 참 보고 싶었다.

"아빠, 저 공원 한 바퀴 돌고 올게요."

아빠는 사진을 보면서 말없이 고개를 끄덕였다.

납골당에서 나와 공원을 걸었다. 가을볕이 따사롭다. 공원을 혼자 걸어 보긴 처음이다. 늘 할머니와 함께였다. 어떤 날 할머니는 할아버지 이야기를 하기도 했고, 어떤 날은 내 손을 잡고 아무 말 없이 걷기만 했다. 그런 날은 또각또각 할머니 구두 굽

소리만 들렸다. 할머니가 없다는 것이 다시 한 번 느껴졌다. 할머니는 편지에서 누구에게나 어린 시절이 있다는 게 큰 축복이라고 말했다. 나로 인해 그걸 알게 되었다고 했다. 상수동 집을 알기 전까지 나는 어린 시절을 기억하지 못했다. 이제 조금씩 어린 시절을, 내 과거를 알게 될까. 그 과거로 인해 나의 현재가, 그리고 나의 미래가 행복할까. '과거'를 단지 '지나가 버린 시간'으로만 치부한다면, 현재에도 미래에도 과거는 의미가 없다. 내가 겪고 견뎌 낸 시간이 있기에 현재가 의미 있는 것이다. 지나간 십칠 년 동안 나는 할머니와 살았고 앞으로는 아빠와 함께일 것이다. 아빠와 어떻게 살게 될지, 아빠의 존재가 내 생활에 어떤 변화를 줄지 지금으로서는 알 수 없다. 그래서 아빠의 출현이 기쁘기도 하지만, 오래 기다린 만큼 두렵기도 하다. 할머니가 계셨으면 어땠을까. 앞으로의 시간이 전혀 두렵지 않았을까…….

어느덧 저 앞에 납골당이 보였다. 문득 조만간 이곳에 다시 와서 납골당과 이 공원 풍경을 그리고 싶다는 생각이 들었다. 다시 발걸음을 옮기며 생각했다. 할머니와 아빠처럼 오랜 세월 보지 못한 채 서로 그리워하고 걱정하고 후회하기보다, 이제라도 아빠를 만난 것은 다행이지 않은가. 앞으로의 시간이 어떻게 펼쳐지든, 아빠와 만난 것은 정말 다행이다. 이것 하나만은 분명하다. 그러니 두렵고 떨리지만 여기, 아빠 옆에, 아빠와 함께 있어 보자. 아빠와 같이 있어 보지 못했으니 그 시간은 나에게

새롭게 여겨질지도 모른다.

납골당 계단을 올라가는데 밖으로 나오는 아빠가 보였다. 아빠 눈이 빨갛다.

아빠와 말없이 걸었다. 주차장 쪽으로 접어들었을 때 아빠가 손을 뻗어 깍지 끼듯이 내 손을 잡으며 말했다.

"나는 결국 어머니와 화해하지 못했구나. 어머니를 편하게 못해 드렸구나…… 어젯밤, 얼마나 사무치던지. 다시는 볼 수 없다는 것이……."

아빠 목소리가 젖어들었다. 나는 아빠 손을 꼭 잡으며 말했다.

"제가 읽은 할머니 편지에 이렇게 쓰여 있었어요. 아빠한테 꼭 한 번은 미안하다는 말을 해야 한다고요."

아빠는 내 말을 듣고 있다가 문득 말했다.

"고맙다. 너한테는 이 말밖에 할 말이 없구나."

나는 가만히 있었다. 아빠가 나한테 미안해하지 말았으면 좋겠다. 다음에 또 고맙다고 하면 그때는 말해야지. 고맙다는 말, 더는 하지 말라고.

차 앞에서 아빠가 손을 놓았다. 오랜만에 깍지를 꼈다. 나는 손을 잡을 때 꼭 깍지를 낀다. 깍지를 껴야만 손을 잡은 것 같다. 할머니의 버릇이기도 하지만, 내 버릇이기도 하다. 아빠도 그런가 보다. 깍지 껴서 손잡는다는 게 이렇게 포근했었나. 지금은 다른 누구도 아닌, 아빠의 손이어서 나는 무척이나 기분이 좋았다.

아빠는 나랑 상수동 집에 가 보고 싶어 했다. 운전석 문을 여는데 아빠가 물었다.

"서울까지 한 시간 넘게 걸리지?"

"예, 한 시간 삼십 분쯤 걸려요."

"그럼…… 내가 운전할게."

"예? 아빠도 운전하세요?"

"할머니가 너한테만 운전 가르치셨겠니?"

"그러면 아빠는 언제부터……?"

"나는 고3 때 면허 딴 다음 운전하기 시작했지."

아빠가 빙긋 웃으며 운전석에 올랐다. 기분이 얼떨떨했다.

차가 출발했다.

"자유로 타는 곳까지는 네가 길을 안내해 줘야 해. 한국에 와서는 처음 운전하는 거니까 천천히 간다."

"예. 그런데 아빠, 저 운전 잘하죠?"

나는 아빠에게 웃으며 물었다.

"그래, 할머니가 잘 가르치셨더구나. 그래도 운전할 때는 늘 긴장해야 해. 무슨 일이 일어날지 모르니까."

"예!"

나는 일부러 큰 소리로 대답했다.

"나는 두 번 만에 면허 땄지만 너는 한번에 합격할 수 있을 거야."

"꼭 한번에 따야지."

내 말에 아빠가 웃었다.

운전하는 아빠 옆모습을 물끄러미 바라보았다. 아빠 얼굴 위로 할머니 얼굴이 겹쳐 보였다.

내가 그린 그림은

아빠와 함께여서인지 상수동 집에 오랜만에 온 것 같다. 겨우 어제 하룻밤을 비운 건데 말이다. 대문을 열고 아빠에게 먼저 들어가라고 손짓했다. 아빠는 천천히 발을 떼어 놓았다. 오후의 끄트머리 햇살이 마당에 낮게 퍼져 있다. 아빠는 대문을 들어서더니 마당으로 몇 발짝 옮긴 뒤 멈춰 섰다. 긴장되는지 몇 번이나 숨을 들이마시고 내쉰다.

"너하고 오니 정말 집에 온 것 같구나."

아빠가 현관문은 자기가 열겠다고 했다.

서둘러 현관으로 들어서던 것과는 달리, 신발을 벗고 마루에 올라선 아빠는 잠시 멈칫하더니 작은방 쪽을 향해 섰다. 활짝 열린 작은방 문 사이로 귀가 보인다. 마침, 햇살 한줄기가 마루로 길게 비치고 있다. 그 햇살에 벽에 붙은 귀의 귓불이 환하다.

나는 무엇보다 '귀'가 궁금했다. 처음 봤을 때 소스라칠 정도로 나를 놀라게 했지만, 마음을 편하게 해 주고 나를 재워 줬던 귀. 이 귀는 누가 어떤 의도로 만들어 놓았는지 궁금했다. 하지만 귀를 보고 서 있기만 하는 아빠한테 불쑥 물어볼 수가 없었다.

아빠가 어느 순간 방 쪽으로 발을 뗐다. 나도 뒤따라 방으로 들어갔다. 나는 문 옆에 서서 아빠를 지켜보았다. 아빠는 곧장 귀 앞으로 가더니 천천히 허리를 숙여 왼손으로 귓등을 슬쩍 만졌다. 오른손을 무릎에 짚더니 다시 왼손으로 귀를 만진다. 이번에는 손바닥으로 천천히 귀 구석구석을 쓸어 본다. 무슨 의식을 치르는 것 같다. 아빠 표정이 보고 싶은데 등을 돌리고 있어 볼 수가 없다. 이참에 궁금했던 것을 물었다.

"누구 귀예요?"

아빠는 대답 없이 몇 번 더 귀를 쓰다듬었다. 그러고는 허리를 펴고 서더니 주먹 쥐듯 웅크린 왼손을 오른손으로 폭 감쌌다. 오른손이 웅크린 왼손을 토닥토닥한다. 마치 할머니가 나를 달랠 때 그러듯이. 그러다 왼손을 바지 주머니에 넣고는 말했다.

"네 엄마 귀야. 엄마 오른쪽 귀를 본뜬 거야."

"엄마 귀, 아니면 아빠 귀일 거라 생각했어요. 제 귀 모양하고 똑같거든요."

"귀는 엄마를 닮았나 보구나……."

아빠는 이렇게 말하며 방 안의 다른 것들을 둘러보았다. 그러다 벽에 세워져 있는 찢어진 캔버스와 아빠가 그린 바다 그림,

그리고 이젤에 있는 내가 그린 그림을 보았다.

"하도 오래돼서 내가 그린 건가 싶네."

아빠가 바다 그림을 두 손으로 들었다. 한동안 그림을 보다 내려놓고 내가 그린 그림을 가리키며 물었다.

"이건 누가 그린 거지?"

"제가 그린 거예요."

"언제?"

"그저께요. 아빠 집으로 가기 전날요."

"그림 그리는 거 좋아하니?"

"예, 좋아해요. 학교도 미술 시간 때문에 다니는걸요."

아빠는 계속 내가 그린 그림을 바라보았다.

"그런데…… 왜 안 물어보세요?"

"뭘?"

"캔버스 찢어진 거……."

"물어볼 게 뭐 있어야지. 이 그림이 다 말해 주는데……."

"저 그림 찢은 날 할머니가 저한테 남긴 편지를 봤어요. 그전까지 엄마 아빠 얘기를 전혀 해 주지 않으셨거든요. 너무 화가 나서 나도 모르게 그랬는데, 다음 날 정신 차리고 나서는 후회했어요. 하필 찢어진 부분이 엄마가 서 있는 부분이라서……."

"너로서는 받아들이기 힘들었을 거야. 내 얘기든, 엄마 얘기든. 나도 받아들이는 데 이렇게 오래 걸렸잖아."

아빠 말을 듣고 나니 마음이 한결 편해졌다.

"마음에 들게 그려졌어?"

아빠가 내가 그린 그림을 가리키며 물었다.

"글쎄, 모르겠어요. 배경은 의도대로 그려졌는데, 나머지는 모르겠어요. 처음부터 사람을 그리려고 한 건 아니었는데 어쩌다 보니 그렇게 됐어요."

"배경보다 인물을 검정으로 처리해서 좋은 것 같다. 인물이 바라보는 쪽에 서광이 비치는 것도 좋고. 네가 무얼 표현하고 싶었는지, 그림 그릴 때 네 마음이 어땠는지 느껴져."

"정말요?"

아빠한테 처음 듣는 칭찬이다. 무척 기뻤다.

"인물이 누구 같아요?"

"글쎄, 누구라기보다 내가 보기에는 그냥 누군가를 기다리는 사람 같은데?"

"저예요. 그림을 다 그리고 알았어요. 저라는 걸. 아빠를 기다리는 나, 엄마 배 속에 쪼그리고 앉은 나……."

아빠가 나를 바라보았다.

"그래서 빛을 그리고 싶었나 봐요. 나도 모르게 붓이 그쪽으로 갔어요. 사라지더라도, 나타났다 사라지더라도 빛을 넣고 싶었어요. 이 빛이 없으면 그림이 너무 암담했을 것 같아요."

아빠가 바다 그림을 가리키며 말했다.

"저 그림처럼 말이지? 저 그림은 정말 절망적일 때 그렸거든."

"네, 그래도 저 그림이나 찢어진 그림이나 다 멋있어요."

"정말이냐? 정말 그렇게 생각해?"

"네, 정말이에요. 그림 자체는 좋았어요."

"저 그림들이 남아 있을 줄은 정말 몰랐다. 네가 좋다고 하니 그냥 둬도 되겠네. 한 사람만 좋다고 해도 존재 가치가 있다. 그걸로 충분해."

아빠는 고개를 돌려 한동안 바다 그림을 보았다.

그림을 그릴 수 없다는 것

마루로 나온 아빠가 유리창을 확 열었다.

"춥지 않지?"

아빠가 날 돌아보며 물었다. 그러고 보니 아빠도 나도 겉옷을 벗지 않고 있다. 아빠가 유리창 앞에 앉았다. 나도 아빠 옆에 앉았다. 우리는 마당을 내다보고 있다.

"너도 그림을 그리는구나. 전혀 예상하지 못했다."

아빠가 계속 말을 이었다.

"네 엄마는 왼쪽 귀가 들리지 않았어. 네 엄마 말로는, 내가 처음이라고 했다. 자기 왼쪽 귀가 안 들린다는 걸 알아본 사람이. 지금은 기억이 잘 나지 않아. 내가 어떻게 그걸 알았는지. 아무튼 난 항상 네 엄마 오른쪽에 있었어. 네 엄마에게도 특별했겠지만 나에게도 네 엄마 오른쪽 귀는 특별했지."

아빠가 잠시 쉬다가 다시 말했다.

"그래서 네 엄마가 떠나기 전 오른쪽 귀를 본떴다. 그리고 떠난 뒤에 저 방에 박아 놓았지."

"엄마가 가지 못하게 잡지 그러셨어요? 할머니 말대로 할머니가 가게 한 거예요?"

"글쎄다…… 할머니가 떠나게 만들었다고 내가 원망을 많이 했지. 그런데 난 알고 있었어. 네 엄마가 떠날 거라는 걸. 이 집에, 나한테 정착하지 않을 거라는 걸 알고 있었다. 그러면서도 마음 한켠으로는 가지 못하길 간절히 바랐지. 네가 배 속에 있었으니까."

"자기 배 속으로 낳은 애 떼어 놓고 집 나가는 여자가 세상에서 제일 독하다는 말, 무지 많이 들었어요. 엄마 정말 그렇게 독해요?"

나는 울지 않으려고 이를 꽉 물었다.

"글쎄…… 엄마는 어렵게 컸어."

"저도 알아요. 일찍 부모가 돌아가신 거, 친척들 집을 전전한 거, 대학 와서 친척하고는 다 연락을 끊은 거."

"엄마는 나를 알기 전에 사랑하는 사람이 있었어. 그걸 내가 몰라준 거야. 무시한 거야. 그게 가장 큰 원인이었어. 엄마가 독해서 그런 게 아니야. 엄마는 널 보지도 못했어. 할머니가 그렇게 해서 보냈지. 그게 널 위해서도, 엄마를 위해서도 최선이라고 생각하셨지."

나는 엄마를 그렇게 보내고 싹 잊고 지낸 할머니가, 그러면서도 엄마한테서 연민을 느꼈던 할머니가 여전히 이해되지 않는다. 할머니가 살아 계시다면 이런 나에게 무슨 말을 해 줄까.

"아빠는 이렇게 왔잖아요. 한국에, 나를 보러 이렇게 왔잖아요. 그런데 엄마는, 엄마는……."

어느새 내 목소리가 울먹해졌다. 나는 울지 않으려고 이를 꽉 물었다.

"네 엄마는…… 나는 네가 태어나기 전까지 네 엄마를 그렸다. 배가 불러 오는, 네 엄마 몸의 변화가 신기해서 그리기 시작했는데, 나중에는 맹목적으로 그렸어. 네 엄마가 떠날 것 같으니까, 그림으로라도 많이 그려 둬야지 싶었나 봐. 그 사람을 그리는 동안은 그 사람만 보게 되니까. 마치 그 순간만은 내 것이라고 착각하듯이…… 엄마는 자기를 그리는 나를 내버려 두었지. 하긴 만삭에 가까워질수록 네 엄마는 이 집 안 어떤 것에도 무관심했다만……."

어느새 햇살이 완전히 사라졌다. 아빠는 어둑해진 마당을 바라보다 다시 말을 이었다.

"네 엄마가 떠나고 얼마 뒤 여름방학이었다. 그해 여름 동안 나는 모든 것에서 손을 놓았어. 네 엄마가 없는 이 집은 아무도 없는 거나 마찬가지였다. 네 엄마는…… 나의 우주고 나의 세계였어. 네 엄마를 알고부터 나는 네 엄마 속에 살았지. 그해 한국을 떠나기 전 많이 불태웠다만, 네 엄마를 그린 그림이 얼마나 많았나 몰라. 네 엄마를 담으면서 나는 희열을 느꼈다. 시간이 지나면서 그 희열이 처절한 고통이 되어 버렸지만…… 어찌 보면, 난 그 고통을 즐겼던 것 같아. 다름 아닌 네 엄마, 그 여자를 그리고 있는 거였으니까……."

아빠는 말을 멈추고 깊은 숨을 들이마셨다가 내쉬었다.

"네가 저녁에 태어나서 네 엄마는 입원실에서 그대로 잠이 들었다. 네 엄마가 자는 걸 보고 집으로 왔지. 다음 날 아침 일찍 병원에 갔는데 병실에는 너와 어머니밖에 없더구나. 그리고 가방이 침대 위에 놓여 있었어. 순간 직감했다. 네 엄마가 떠났다는 걸. 세상 살아 있는 모든 것이 호흡을 멈춘 것 같았다. 그 순간의 그 느낌은 여름 내내 날 옥죄었어. 어머니는, 병원은 어찌하셨는지 출근도 하지 않고 오직 너만 바라보았다. 울어도 예쁘다며 안아 주고 똥을 싸도 예쁘다고 안아 주고 젖병 빨 때도 예쁘다고 안아 주고…… 나는 너를 보는 게 두려워서 제대로 보지 못했어. 어머니랑 네가 참 이질적으로 느껴졌어. 다른 세상에 사는 사람들 같았다."

"정말 엄마는 날 보지도 않고 떠난 거네요. 날 보지 않았기 때문에 내가 보고 싶지 않은 거겠죠."

"아니야, 아니야. 엄마가 네 생각을 전혀 안 한 건 아니야……."

아빠는 말끝을 흐렸다.

"한국은 언제 떠나셨어요?"

나는 마음을 가라앉히고 아빠에게 물었다.

"그해 가을에. 개강하고 얼마 지나지 않아서."

"정말 그때 가서 이제 오신 거예요? 중간에 한 번도 들른 적 없어요?"

아빠가 내 손을 꼭 쥐면서 말한다.

"그래, 그랬구나……."

순간 나는 아빠 손에서 내 손을 확 빼 버렸다.

"그렇게 독한 엄마 아빠 밑에 어떻게 나 같은 애가 태어났나 모르겠어요."

비아냥거리는 투로 말이 튀어나왔다.

"어떻게 그렇게 오래 자식을 내버려 둘 수가 있어요? 자그마치 십칠 년이에요, 십칠 년!"

나도 모르게 소리를 질렀다.

아빠는 잠시 마당을 보다가 다시 나를 보았다. 나는 고개를 반대편으로 확 돌렸다. 아빠에게 화가 나기도 하고 미안하기도 했다. 아빠가 말없이 내 손을 다시 잡았다. 내가 손을 빼려고 하자 아빠가 잡은 손에 힘을 주었다.

"한 번만 말할게. 엄마 얘기 말이야."

아빠가 더욱 힘을 주며 내 손을 잡아서 손이 아프기까지 했다. 아빠는 고개를 돌려 마당을 응시하며 말을 이었다.

"그해 개강을 했는데 이 주일이 지나도 교수 한 분이 학교에 나오지 않았어. 나와 네 엄마의 지도교수였지. 인품이 좋은 분이었어. 그런데 그분이 학교에 나오질 않는 거야. 한 달쯤 지나서야 알게 됐다. 그분이 한국을 떠나 독일로 갔다는 걸. 그것도 네 엄마와 같이."

나는 숨이 멎었다. 눈앞이 심하게 흔들렸다. 아빠가 내 어깨를 감싸 안았다. 나는 할머니의 편지를 읽었을 때와 비슷하게 머릿속이 하얘졌다.

"나는 확인하고 싶었다. 그게 정말 맞는지. 그리고 네가 이해할지 모르겠지만…… 한편으로는 네 엄마를 다시 볼 수 있다는 사실에 들뜨기도 했어. 그래서 수소문해서 떠난 곳을 알아냈다. 나는 주저 없이 떠났어. 그리고 그 도시에서 네 엄마를 찾아냈다."

"그래서 좋았어요? 엄마를 다시 봐서?"

그렇게 묻고는 아빠를 보지 않은 채 아빠 팔을 내 어깨에서 떼어 냈다.

아빠는 한동안 침묵하다가 말했다.

"네 엄마를 보고서도, 보면서도 나는 그림을 그릴 수가 없었다. 그 사실이 나를 절망에 빠뜨렸다."

나는 그 느낌을 안다. 그림을 그릴 수 없을 것 같은 두려움. 그것이 얼마나 무서운지 조금은 안다. 나도 할머니를 잃고 나서 단 한 장의 그림도 그리지 못했다. 아빠는 엄마를 눈앞에 보면서도, 같은 공간에 있으면서도 엄마에게 다가가지 못했다. 이미 엄마는 다른 남자와 함께였다. 아빠는 엄마를 잃었다. 그 상실감을 아빠는 거기까지, 다른 나라까지 찾아가서야 실감한 것이다. 얼마나 고통스러웠을까. 나도 모르게 무릎에 얼굴을 묻고 울기 시작했다.

이번에 아빠는 나를 울게 내버려 두지 않았다. 아빠는 두 손으로 내 어깨를 잡아 아빠 쪽으로 돌리더니 눈물을 닦아 주었다.

"몇 년이 지나서야 엄마를 떠날 수 있었어. 나를 이해해 주렴. 나를 이해해 줘……."

"바보같이, 바보같이……."

나는 엉엉 소리 내어 울었다. 나도 모르게 아빠 어깨에 얼굴을 묻었다. 한참 그렇게 울다, 고개를 들고 눈물을 닦았다. 아빠도 손으로 내 얼굴을 닦아 주었다. 그러고는 두 손으로 머리를 쓰다듬고 내 머리칼을 귀 뒤로 넘겨 주었다.

"지금은 괜찮아요? 엄마 보지 않고도 괜찮아요?"

아빠는 말없이 고개를 끄덕이더니 엷게 웃었다.

"저는 잘 지내고 싶어요. 엄마에 대해서는……. 아빠하고 잘 지내고 싶어요. 꼭요. 아빠와 할머니처럼 되고 싶진 않아요. 평생 못 보면서 미안해하고 그리워하고…… 그렇게 지내기는 싫어요. 너무 오래 기다렸어요. 십칠 년을 기다리기만 했어요. 이젠 보통 아이들처럼 지내고 싶어요. 다른 아이들처럼 엄마 아빠하고…… 더 늦어지면, 더 늦어지면 마음을 닫아 버릴 것 같거든요. 엄마 아빠를 이해하고 싶은데……."

나는 천천히 말했다.

"억지로 이해하려고 하지 마. 이해는 노력한다고 되는 게 아니야."

잠시 뜸을 들이다 아빠가 말을 이었다.

"시간이 흐르길 기다리자. 시간이 흐르길 이젠 나랑 같이 기다리자. 나는 네 옆에 있을 거야. 네 옆에 있을 거야, 계속……."

한참 뒤에야 난 아빠 얼굴을 볼 수 있었다. 그리고 나를 보고 옮게 웃는 아빠를 보고 나도 웃을 수 있었다.

오늘 밤이 지나면 어디로 흘러갈까

어느새 밤이 되었다. 시계를 보니 8시가 훌쩍 넘어 있었다.

"배고프지?"

"예, 아빠도 배고프시죠?"

"그래, 출출하네. 우리 저녁 먹으러 나갈까?"

"음…… 집에 반찬 몇 가지 있는데, 밥만 얼른 해서 먹는 건 어때요?"

"그럴까? 오랜만에 집에서 먹어 보자. 내가 밥 할게."

"아녜요, 제가 할게요."

나는 바로 일어나 부엌으로 갔다. 쌀을 씻어 밥솥에 안쳤을 때 아빠가 부엌에 들어왔다. 아빠는 내가 냉장고에서 꺼내는 반찬통을 받아 쟁반 위에 올려놓으며 물었다.

"우리 오늘 여기서 잘까?"

나는 고개를 끄덕이며 빙긋 웃었다.

미역국에 멸치볶음과 감자볶음, 참치통조림, 김 그리고 김치. 아빠와 상수동 집에서 먹는 첫 식사. 단출하지만 아빠와 나는 맛있게 잘 먹었다. 아빠는 나를 보더니 식성이나 밥 먹는 모습은 엄마를 닮았다고 했다. 아빠는 입이 짧은 편인데 엄마는 이것저것 가리지 않고 잘 먹는다고 했다.

아빠가 설거지를 하는 사이, 나는 걸레로 안방을 닦았다.

자기 전 아빠와 마당을 걸었다. 별은 뜨지 않았다. 나뭇가지들이 오롯하게 밤하늘을 향해 고개를 들고 있다. 달빛에 드러나는 나뭇잎들이 선연하다. 아빠도 이 순간 밤하늘이, 저 나뭇가지들이 아름답다고 생각할까.

"집이 하나도 변하지 않아서 얼마나 다행인지 몰라. 오래 떠나 있다 와서 모든 게 변했을 거라고 생각했어. 그런데 변하지 않은 게 있어. 바로 이 집이야."

"저는 처음 봤을 때, 낡고 오래됐다는 느낌이 먼저 들던데요? 아빠가 살았던 옛날에도 그랬어요?"

"세월이 얼만데, 낡긴 낡았지. 파란 지붕도 슬고 집 안 구석구석도 낡고. 하지만 낡은 거하고 변하는 거하고는 달라. 이 집의 냄새나 공기 같은, 내가 이 집에서만 느낄 수 있는 것들이 있어. 그건 그대로야, 변하지 않았어."

"다른 사람들이 살지 않아서 그런가. 아무튼 저도 낯선 이 집에 왔을 때 이상하게 아늑했어요."

"어머니가 빈집을 잘 돌보셔서 그런 것 같아."

그때 '빈집' 이라는 말이 내 가슴을 툭 쳤다.

우리는 현관 앞 턱에 나란히 앉았다. 늦여름 밤 공기가 청량하다.

"그런데…… 아빠는 이 집에서 견딜 수가 없어서 떠난 거잖아요. 이 집에서 있었던 일들을 기억에서 지우고 싶었던 거 아녜요?"

나는 조심스럽게 물었다.

"그래, 네 말이 맞아. 네 엄마와 살았던 기간이 일 년쯤 되는데, 나는 그 짧은 일 년 동안 네 엄마가 이 집에 남긴 흔적들을 지울 수가 없었어."

잠시 말을 멈추더니 아빠가 다시 말을 이었다.

"그전에는, 특히 고등학교 시절에는 어머니와 단둘이 지내는 생활도 못 견뎌 했지."

"그때가, 할아버지가 어떤 사람이었는지 알게 된 뒤였죠?"

"응, 그랬던 것 같아."

"할머니를 미워했어요?"

"그때는 그랬지. 어머니의 모든 게 이중적으로 보였어. 강직하고 올곧은 분이라고 여겼는데 그게 다 위선이고 허상이라고 생각됐어. 심각했을 땐, 어머니를 보는 것조차 힘들었어."

"할머니, 참 외로웠겠어요."

"그러셨겠지……."

아빠 목소리가 조금 젖어 있다. 나는 말없이 밤하늘을 올려다 보았다.

"그런데 떠나 있으면서는…… 이 집의 모든 게 그리웠어. 그래서 어느 날부터는 자기 전에 이 집에 있는 것을 하나하나 떠올려 보았지. 심지어 내가 누워서 바라봤던 천장 무늬나 형광등 불빛까지도."

"그게 다 기억났어요?"

"처음에는 제법 기억났지. 그러다 점점 희미해졌고. 기억나는 대로 적어 놓기도 하고 그려 놓기도 했지만, 시간이 흐르면서 이 집은 더는 현실 속의 집이 아니었어. 그래서 어떨 때는 미칠 것 같았지."

"그럼, 그때 돌아오시지 그랬어요?"

"그러게 말이다. 마음이 돌아서는 데 왜 그렇게 오래 걸렸나 모르겠다……."

아빠가 후유 한숨을 쉬며 밤하늘을 올려보다가 문득 떠오른 게 있는지 벌떡 일어나 집 안으로 들어갔다. 나도 뒤따라갔다. 작은방 책장에서 시집 한 권을 꺼내 넘기더니 한 페이지를 펴서 나에게 주었다.

우리 살던 옛집 지붕*

이문재

마지막으로 내가 떠나오면서부터 그 집은 빈집이 되었지만
강이 그리울 때 바다가 보고 싶을 때마다
강이나 바다의 높이로 그 옛집 푸른 지붕은 역시 반짝여 주곤 했다
가령 내가 어떤 힘으로 버림받고
버림받음으로 해서 아니다 아니다
이러는 게 아니었다 울고 있을 때
나는 빈집을 흘러나오는 음악 같은
기억을 기억하고 있다

우리 살던 옛집 지붕에는
우리가 울면서 이름붙여 준 울음 우는
별로 가득하고
땅에 묻어주고 싶었던 하늘
우리 살던 옛집 지붕 근처까지
올라온 나무들은 바람이 불면
무거워진 나뭇잎을 흔들며 기뻐하고

* 출처. 이문재, 『내 젖은 구두 벗어 해에게 보여 줄 때』(1988, 민음사) 2001년 문학동네에서 개정판이 출간되었다.

우리들이 보는 앞에서 그해의 나이테를

아주 둥글게 그렸었다

우리 살던 옛집 지붕 위를 흘러

지나가는 별의 강줄기는

오늘밤이 지나면 어디로 이어지는지

……

내가 시를 다 읽었을 때 아빠가 말했다.

"내가 이 집을 떠나 있는 동안 딱 한 번 어머니가 편지를 보냈어. 떠난 지 일 년쯤 되었을 때인데, 네 엄마가 사는 독일 주소로 보내서 전해 받았지. 그 편지에 이 시가 적혀 있었어."

나는 죽었다 깨어나도 할머니의 깊고 깊은 마음을, 사무친 그리움을 헤아리지 못하겠다.

"처음에는 한 번 읽고 말았어. 접어서 서랍 속에 넣어 버렸지. 그런데 '우리 살던 옛집' 이라는 말이 자꾸 떠오르면서 이 집, 파란 지붕 벽돌집이 떠오르는 거야. 이 집의 구석구석이 떠오르는 거야. 이 년이 가고 삼 년이 가고 사 년이 가고 나중에 기억이 희미해졌을 때는 이 시를 읽었어. 읽고 또 읽었어."

"아빠는 어느 구절이 가장 좋아요?"

"나는 마지막이 인상적이었어. 끝까지 읽고 나면 이상하게도 항상 '어머니가 버텨 줄 거다, 이 집이 버텨 줄 거다.' 라는 생각이 들었어. 언젠가는 돌아가 이 집에서 어머니와 다시 살게 될 거라는 믿음 같은 게 생겨났어. 그런 날이 오면, 그때는 오붓하게 살아 보자, 그런 생각을 했지……."

시간은 새벽 1시를 지나 있었다.

우리는 안방으로 와서 요를 깔고 이불을 폈다. 방은 좁았지만 이불과 요가 두 채씩 있어서 불편하지 않았다. 불을 끄기 전 아빠에게 그 시집을 주며 말했다.

"아빠, 자기 전에, 그 시 한 번만 읽어 주세요. 아빠 목소리로 듣고 싶어요."

"그래, 오랜만에 소리 내서 읊어 보자. 니가 불 끌래?"

"그 시 외우시는 거예요?"

"그럼, 십오 년 넘게 읽었는데, 외우고말고."

나는 일어나 형광등 불을 끄고 이불 속으로 들어갔다. 내가 눕자 아빠가 손을 잡았다. 아빠가 시를 읊기 시작했다. 낮고 고즈넉한 아빠 목소리.

……

그 집에서는 죽을 수 없었다

그 아름다운 천정을 바라보며 죽을 수 없었다

우리는 코피가 흐르도록 사랑하고

코피가 멈출 때까지 사랑하였다
바다가 아주 멀리 있었으므로
바다 쪽 그 집 벽을 허물어 바다를 쌓았고
강이 멀리 흘러나갔으므로
우리의 살을 베어내 나뭇잎처럼
강의 환한 입구로 띄우던 시절
별의 강줄기 별의
어두운 바다로 흘러가 사라지는 새벽
그 시절은 내가 죽어
어떤 전생으로 떠돌 것인가
알 수 없다
내가 마지막으로 그 집을 떠나면서
문에다 박은 커다란 못이 자라나
집 주위의 나무들을 못박고
하늘의 별에다 못질을 하고
내 살던 옛집을 생각할 때마다
그 집과 나는 서로 허물어지는지도 모른다 조금씩
조금씩 나는 죽음 쪽으로 허물어지고
나는 사랑 쪽에서 무너져 나오고
알 수 없다
내가 바다나 강물을 내려다보며 죽어도
어느 밝은 별에서 밧줄 같은 손이

내려와 나를 번쩍

번쩍 들어올릴는지

달빛 한줄기가 흘러들어 왔다. 아늑하고 고요했다.

마치 오래 여행하다 내 집에 온 것마냥, 열여덟 해 동안 외박을 하고 이제야 집으로 돌아온 것마냥, 우리는 아주 깊고 고요한 잠을 잤다.

시간은 계속 흐른다

일요일 오후. 아빠 집을 떠나오기 전 아빠가 열쇠 하나를 건넸다.

"이 집 열쇠야. 언제든 오고 싶을 때 와. 그리고 다음에는, 내가 갈게."

그 열쇠를 받아 들자 상수동 집 열쇠가 떠올랐다. 다음에 아빠를 만나면 상수동 집 열쇠를 복사해서 아빠에게 주어야겠다고 생각했다. 이 얘기를 할까 하다가 말았다. 아빠를 보고 한 번 웃기만 했다.

출발했다.

사이드미러로 더는 아빠가 보이지 않았다.

'문발 IC'가 적힌 표지판이 보였다.

조수석에 놓인 가방 아래쪽으로 오른손을 뻗었다. 가방 앞지퍼에 넣어 둔 아빠 집 열쇠가 도톰하게 만져졌다.

월요일. 일주일 만에 학교에 가는 날이다.

오랜만의 등교라 잠을 좀 설쳤다. 아직 6시도 되지 않았다. 일어나기에는 이른 시간이라 침대 옆 스탠드만 켜 놓고 누워 있었다.

발치께에 '악마' 그림이 걸려 있다. 앉아 있는 악마. 어제 아빠 집에서 가져 온 것이다. 어둑한 방 안에 악마가 깍지 낀 두 팔을 늘어뜨린 채 구부정하게 앉아 있다.

주말 이틀 동안 아빠 집에 있으면서 가장 많이 한 일은 저 그림을 보는 거였다. 악마를 보고 앉아 있으면 마음이 한없이 가라앉다가 종국에는 따뜻한 것이 고였다. 악마는 아빠에게 그랬던 것처럼 나에게도 위안을 주었다. 오래된 상처로 갈 길을 몰라 홀로 헤매던 아빠를 품어 주었고 나도 품어 주었다. 그렇게 우리를 이어 주었다. 그리고 나에게도, 아빠에게도 다시 그림을 그리고 싶게 해 주었다.

그리고…….

하나 더. 악마를 보고 앉아 있으면 그날, 상수동 집 마루에서 아빠와 둘이 마당을 내다보고 앉아 이야기하던 때가 떠오른다. 구부정하게 앉아 있는 아빠의 등이, 마치 고해성사를 하듯 지난 시간을 툭 풀어 놓던 아빠의 옆모습이, 어둑어둑해지던 마루가, 선연한 달빛이 떠오른다.

그리고 아빠 집에 있던 동안 「우리 살던 옛집 지붕」 시도 여러 번 읽었다. 그 시는 나한테는 좀 어렵다. 완벽하게 이해되지는 않는다. 나에게 그 시는 이미지로 먼저 다가온다. 그 시를 읽다 보면 떠오르는 이미지들이 있다. 그 이미지들이 차오르면 그려 볼 생각이다.

시에도 나오는 말이지만, 아빠와 상수동 집에서 잠을 잔 날, 아빠가 한 말이 계속 머릿속에 남아 있다.

'어머니가 빈집을 잘 돌보셔서 그런 것 같아.'

아빠가 이 시를 읽어 주었을 때도 첫 구절 '마지막으로 내가 떠나오면서부터 그 집은 빈집이 되었지만' 에서 마음이 아렸다.

빈집.

빈집.

'빈집' 이란 말만큼 공허하고 슬프고 그러면서도 가슴 깊이 번지듯 울리는 말은 없는 것 같다.

수업을 마치고 학교에서 돌아와 옷을 갈아입고 씻었다. 밥을 지어 저녁을 먹고 할머니 방 문을 열었다. 할머니의 앉은뱅이책상 옆에 앉아 방을 천천히 둘러보았다.

수인 없는 빈방.

한참 동안 방바닥을 멍하니 보다가 일어났다. 내 방으로 가 책상 서랍에서 그 집 열쇠와 자동차 열쇠를 꺼냈다.

나는 다시 빈집으로 갈 것이다.

작가의 말

오랫동안 만나지 못한 딸과 아빠에 대한 이야기를 쓰고 싶다고 생각한 건 2005년이었다. 구상만 몇 차례 적어 두고 단 한 줄의 문장도 쓰지 못한 채 시간이 흘렀다. 몇 해가 지나 한 문장이 떠올랐고 그 문장은 내 머릿속을 떠날 줄을 몰랐다.

이십 대 중반부터 희곡에 관심을 두었던 터라 처음 소설이라는 것을 쓰면서 자꾸 주저되었다. 그러다 글을 쓰는 동안의 시간이 다른 속력으로 흐르기 시작하더니 신기하게도 모든 걱정이 사라졌다. 어느 순간부터 원고는 자가 호흡을 하는 생명체처럼 저 스스로 증식해 갔다. 특히 1996년 모스크바에서 브루벨의 그림과 만났던 일이 원고에 불쑥 끼어들었을 때는 경이롭기까지 했다.

모든 작가들에게 처녀작은 남다른 의미를 줄 것이다. 나에게도 마찬가지인데, 무엇보다 『앉아 있는 악마』는 나에게 다시 글을 쓸 수 있다는 걸 알게 해 준 고마운 작품이다. 책으로까지 나오게 되었으니 기쁜 마음 가득하지만, 가장 중요한 것은 이것이다. "다시 글을 쓸 수 있다는 것." 이것 하나만으로도 나는 충분히 행복하다. 열심히 쓰겠다.

이 원고를 쓰는 동안 두 방이 떠올랐다.

처음 희곡을 쓰던 자취방. 무대에 오를 때는 물론이고 읽기만 해도 눈을 뗄 수 없게 하고 몸을 굳게 만들고 마음을 확 빼앗을, 정말 멋진 희곡을 쓰고 싶었다. 책상 앞에 앉아 희곡 작품을 읽고 또 읽었다. 그리고 나의 희곡을 쓰고 상상하고 쓰고 상상하고…… 단 한 편도 완성하지 못했지만 행복했다.

퇴근 뒤 들르던 화실. 화실 선생님은 유쾌하게 잘 웃던 명랑한 사십 대 아줌마였다. 한 달쯤 지났을 때 자기가 없을 때 와도 된다며 화실 열쇠를 주었다. 그 뒤로 자주 화실에 갔다. 그림을 그릴 때도 있었고, 청소만 하고 올 때도 있었고, 하얀 캔버스 앞에 멍하니 앉아 있다 길을 나설 때도 있었다.

이상하게 어느 날부터인가 화실 선생님과 마주치는 날이 줄었다. 내가 미대 입시생이 아니라서 그랬겠지만 그분은 테크닉을 많이 가르쳐 주지 않았다. 대신 손이 가는 대로, 마음이 가는 대로 그리게 했다. 고등학교 졸업 이후로 집에서 스케치북에 연필 데생만 하던 나는 이젤 앞에 앉아 겁 없이, 마음껏 수채화와 유화를 그렸다.

이십 대의 한 시절을 이 두 방에 앉아 생각하고 생각했다. 타인에게 나는 어떤 의미인지, 나에게 타인은 어떤 의미인지. 내가 사랑하고 있는지, 살아가고 있는지. 그렇게 일상을 견뎠다.

이 원고를 쓰는 동안 세 분 생각을 많이 했다.

엄마. 2008년 한여름, 반년 만에 만난 엄마는 나에게 "글은 계속 쓰니?"라고 짧게 물었다. 그로부터 한 달 뒤, 삼 년 만에 다시 글을 쓰기 시작했다. 내가 글을 쓰고 싶어 한다는 걸 기억하고 계셨던 엄마에게 말로는 다 표현하지 못할 감사를 드린다. '그럼에도 불구하고' 고향과 지금의 자리를 지켜 준 아빠에게도 감사를 드린다. 열여덟 살 12월, 집배원 아저씨가 철 대문 밑으로 던져 둔 우편물 중에 발신인이 적혀 있지 않은 초록색 봉투가 보였다. 그 속에는 큰따옴표를 두르고 검정 볼펜으로 "메리 크리스마스"라고만 쓴 카드가 들어 있었다. 마음을 활짝 열지 못했던 나에게 아빠는 그런 식으로 사랑과 믿음을 보여 주었지만, 그 마음을 받아들인 건 안동을 떠나와서도 한참 뒤였다.

나에게 외갓집은 유년시절과 청소년시절의 추억이 고스란히 담긴 곳이다. 초등학교 6학년 때 외할아버지가 돌아가신 뒤로 외할머니 혼자 사셨는데, 특히 십 대 때는 마음이 힘들면 나도 모르게 발걸음이 외갓집으로 향하곤 했다. 할머니 집에서 시간을 보내고 나면 마음이 단단해졌고 돌아오는 발걸음이 가벼웠다. 내가 말을 하지 않거나, 눈을 맞추지 않아도, 할머니는 나를 바라보고 계셨다는 걸 커서야 알았다. 내가 이십 대가 됐을 때 할머니는 관절염으로 거동이 불편하셨다. 안동에 들를 때마다 간단한 국이나 배추전을 부쳐 상을 차려 드렸는데, 어느 해부터는 나 혼자 좁은 부엌에 서서 요리를 했고 할머니는 방 안에서 나를 보고 계셨다. 앉아 있는 할머니의 늙어 가는 소리가 등 뒤로 들리는 것 같아 마음이 아릴 때가 많았다. 할머니가 안동을 떠나 태백 외삼촌 댁으로 가셨을 때 안동의 한 부분이 텅 빈 것 같았고, 이상하게도 나는 '이제 어른이 됐구나.' 하는 생각을 했다. 여러 해 뵙지 못한 가운데, 할머니는 내가 출산하기 보름 전에 돌아가셨다. 삼칠일이 지나 이 소식을 들었을 때 무척이나 많이 울었다. 부끄럽지만, 이 책을 세 분께 바친다.

도둑 글쓰기를 하는 나를 격려해 준 여러 情人들이 있다. 함께해 주어 고맙다는 말, 그분들께 전한다. 애정 어린 지적과 용기를 주신 김경연 선생님께, '나만의 원고'에 빛을 쬐어 준 비룡소와 지난해 8월부터 지금까지 한 과정 한 과정 정성을 들이며 힘을 준 편집자 박지은 님께 깊은 감사를 드린다.

누구보다, 내가 작가가 되는 걸 단 한 번도 의심하지 않고 믿었던 남편에게 무척 고맙다. 놓칠 뻔했던 손, 이젠 꼭 잡고 가자고 이 자리를 빌려 말하고 싶다. 끊임없는 기도를 해 주시는 어른들께도 마음의 인사를 드린다. 마지막으로 나를 '엄마'가 되게 해 준, 곧 세 돌이 될 아들에게 사랑한다는 말 전하고 싶다.

2010년 3월

김민경

작품 해설

섬세한, 그러나 단단한

김경연(문학평론가)

당돌하지도 않다. 발칙하지도 않다. 그렇다고 자살이라든가 동성애와 같이 세간의 이슈가 될 만한 소재를 다루는 것도 아니다. 한마디로 『앉아 있는 악마』는 냉소와 치기, 감정의 과잉에 익숙한 청소년 소설의 지형에서 아주 색다른 목소리와 결을 보여 준다.

플롯은 간단하다. 일인칭 화자인 고등학생 지원은 할머니와 둘이서 산다. 자신이 왜 할머니와 살아야 하는지, 왜 부모에 대해서는 아무것도 알려 주지 않는지, 이 물음은 그냥 가슴에 담고 있다. 그 답은 고등학교에 가면 들려주기로 할머니가 약속했기 때문이다. 그러나 갑작스러운 할머니의 죽음으로 답을 들을 기회는 영영 사라지고 만다. 이제는 스스로 답을 찾아내야 한다. 해체된 과거와 그 복원이라는 과제가 오롯이 지원 혼자에게 맡겨진 것이다.

해체의 복원

해체된 과거는 출생의 비밀과 맞닿아 있다. 출생의 비밀은 신화부터 시작해서 통속물에 이르기까지 문학에서 즐겨 다루어지는 모티프 가운데 하나이다. 때로는 오이디푸스 이야기에서처럼 숙명의 비극성을 드러내는 계기가 되기도 하고, 때로는 통속물에서처럼 주로 독자의 흥미를 이끌어내는 요소로 작용하기도 한다. 그것이 어떤 계기로 작용하건, 인간에게 자신의 출생에 대한 확신이 중요한 까닭은 자신의 정체성을 분명하게 인식시켜 주는 중요한 근거이기 때문이다. 청소년 인물의 정체성이 어떻게 성장하는지가 청소년 소설에서 중요하게 다루어지는 주제임을 생각하면 이 작품이 출생에 대한 의미를 서사의 단초로 삼는 까닭이 이해된다.

흔히 출생에 대한 불확실성은 심리적인 불안감과 사회적인 열등감을 야기할 수 있다고 이야기되는데, 그 심리적 불안은 지원에게서 두려움으로 나타난다.

> 과연 내가 뭘 알아낼 수 있을까. 저 대문을 주저 없이 열고, 집 안의 방문을 확확 열어 볼 수 있을까. 여덟 살 이전의, 아니 태어나서 지금까지의 나를, 내 과거를 알아낼 수 있을까.

두렵다.(63쪽)

두려움은 지원을 지배하는 가장 강렬한 감정이다. 곳곳에서 지원은 두려움을 이야기한다. 그것은 필멸의 존재인 인간의 근원적인 감정이기도 하지만, 어른이 되기 전 혼자의 무게를 스스로 감당해야 하는 데서 오기도 한다. 존재론적 두려움에 청소년기라는 특정 시기의 두려움이 함께 하는 것이다. 지원에게 세상은 어른들이 만들어 놓은, 복잡하고 알 수 없는 바다와 같다. 어린 시절은 그 바다 가장 밑바닥, 믿을 수 없을 만큼 고요한 세계였다. 할머니라는 보호막이 있을 때도 그 고요로부터 벗어나 세상에 발을 들여놓는 것이 두려웠다. 하지만 지원은 그 고요의 세계가 차츰차츰 열리기를 기대하며 침묵을 참아냈다. 그런데 할머니의 느닷없는 죽음으로 그 미지의 세계는 갑작스레 열리게 된다. 이제 지원은 그 두려움에 맞선다.

'과거'를 단지 '지나가 버린 시간'으로만 치부한다면, 현재에도 미래에도 과거는 의미가 없다. 내가 겪고 견뎌 낸 시간이 있기에 현재가 의미 있는 것이다.(177쪽)

과거의 미래는 현재이다. 현재를 위해, 현재의 의미를 위해 해체된 과거는 복원될 필요가 있다. 그것은 나의 복원이기도 하다.

나는 부정당한 존재가 아니다, 나는 이렇게 멀쩡하게 태어났고 이렇게 멀쩡하게 자랐다는 것을 어떤 식으로든 표현했을 것이다. 나는 나를 복원시켜 놓고 싶었던 것이다.(129쪽)

흥미로운 것은 과거와 현재의 시간성이 공간화되는 방식이다. 할머니와 함께 살던 현재의 공간인 아파트와 해체된 과거의 공간인 상수동 집, 그리고 오랜 부재 끝에 아버지가 정착한 아버지의 아파트. 지원의 아버지에게 상수동 집은 떠날 수밖에 없었던 고통의 현장이었고 지원은 그 집에서 자신의 존재 자체가 부정되었다고 느끼며 괴로워한다. 하지만 두 사람의 아픔이 치유되는 곳도 상수동 집이다. 해체된 과거의 복원이 이루어지며 현재와 화해롭게 만나는 공간인 것이다.

인간에 대한 이해

이 작품에서 과거의 해체에는 조손 가정, 싱글맘, 부모와의 불화, 혼전 동거와 출산, 불륜이라는 계기들이 작용한다. 또한 주변적으로 다루어지기는 하지만, 입시의 부담, 친구, 다문화 가정이라는 요소들도 들어 있다. 이들은 우리 청소년 소설에서 드물지 않게 만날 수 있는 문제 상황들이다. 많은 청소년 소설의 청소년 인물들은 그러한 문제 상황에서—비록 일시적일지라도—일탈적으로 반응하는 것으로 그려지고, 우리는 그런 일탈을 어른들이 만들어놓은 세상의 불합리와 부조리에 저항하는 방식의 하나로 이해한다. 그러나 이러한 청소년상은 어쩌면 상투적인 고정관념과도 통하는 것이다. 청소년기가 한 사람의 일생에서 어느 정도 질풍노도기인 것은 분명하지만, 그 표출 양식이 다 같지는 않을 것이기 때문이다.

지원은 그러한 일탈적 인물과 거리가 있다. 얼핏 보기에 수동적일 정도로 자제할 줄 알고 기다릴 줄 안다. 불필요한 대립을 배제하는, 다소곳하면서 차분한 대응 방식은 비록 마음은 혼란스럽고 미쳐 버릴 것 같아도 지원으로 하여금 테레핀유의 냄새를 맡으며 망연자실 앉아 있거나 눈물만 주르륵 흘리게 할 뿐이다. 하지만 그 차분하고 잔잔한 겉보기 아래는 뜨거운 감정들이 일렁이고 있다. 고요하고 잔잔한 수면 아래 격랑처럼.

> 나는 그날 처음이자 마지막으로 할머니 방을 온통 뒤졌다. 더는 참을 수가 없었다. 뭐 때문에 나에게 아무 말을 못하는지, 뭐 때문에 가족 이야기를 숨기는지. 엄마 아빠 없이도 살아왔지만 그게 얼마나 아슬아슬한 일상이었는지, 얼마나 허술한 거였는지, 집이나 학교에서 아무렇지도 않은 듯 지내려 애쓰는 게 얼마나 힘들었는지 할머니는 짐작조차 못할 것이다.(90쪽)

그리고 거기에는 단단한 속내가 함께 한다. 가령 지원이 그림을 그리면 할머니는 어찌할 바를 몰라 하면서 스케치북이나 크레파스를 뺏기도 하고 나가서 놀라고 윽박지르기도 하고 책을 손에 쥐여 주기도 한다. 그럴 때 지원은 할머니가 하라는 대로 한다. 지원이 그렇게 한 이유는 간단하다. 그림은 언제든 그릴 수 있으니까.(77쪽)

이러한 인물상은 그냥 나오는 것이 아니다. 두말할 필요 없이 작가의 인간에 대한 섬세한 이해를 반영한다. 이 점에서 가장 흥미로운 인물은 할머니다.

> "나에게 네 엄마는 며느리기 전에 딸이자 친구 같은 여자였다. 나는 혼자 사막을 걷고 있는 내 아들 마음도, 사는 게 사는 것 같지 않을 그 애 마음도 헤아려졌다."(111쪽)

할머니가 지원에게 남긴 편지의 한 토막이다. 혼전 동거에 미혼모, 얼마든지 울고불고 노여워하고 신파로 흐를 수 있는 상황인데, 할머니는 같은 여자의 눈으로 바라보고 이해한다. 자신의 존재가 부정당했다고 괴로워하는 와중에도 아빠를 안쓰럽게 여기는 지원과도 통하는 태도다. 소리 높여 분출하기보다는 가만히 관조하고 들어줄 줄 안다는 것, 그것은 인간을 이해하는 중요한 전제 조건이다. 이런 맥락에서 지원이 그림을 좋아한다는 설정이나 상수동 집의 벽에 붙어 있는 '귀'는 의미심장한 상징이 된다.

맺는 말

이 작품은 작가의 처녀작이다. 사물과 인간을 바라보는 섬세한 눈과 이해의 깊이, 그리고 이를 차분히 형상화할 수 있는 묘사력은 작가의 가능성일 뿐만 아니라 우리 청소년 소설의 가능성이기도 하다. 앞으로 어떻게 그 가능성을 다시 확인하게 될지 기대가 된다.

블루픽션 43

앉아 있는 악마

1판 1쇄 펴냄 2010년 3월 20일
1판 4쇄 펴냄 2011년 11월 3일

지 은 이 김민경
펴 낸 이 박상희
편 집 장 김은하
편　　집 박지은
디 자 인 오진경
펴 낸 곳 (주)비룡소
출판등록 1994.3.17. (제16-849호)
주소 (135-887) 서울시 강남구 신사동 506번지 강남출판문화센터 4층
전화 영업(통신판매) 02)515-2000(내선1) 편집 02)3443-4318,9
팩스 02)515-2007
홈페이지 www.bir.co.kr

ISBN 978-89-491-2097-3 44810
978-89-491-2097-3 44810 (세트)

| **블루픽션** 시리즈

1. 스켈리그 데이비드 알몬드 글/ 김연수 옮김
카네기 상, 휘트브레드 상, 마이클 L.프린츠 상, 어린이도서연구회 권장 도서, 책교실 권장 도서, 중앙독서교육 추천 도서

2. 운하의 소녀 티에리 르냉 글/ 조현실 옮김
소르시에르 상, 어린이도서연구회 권장 도서

3. 늑대에겐 겨울이 없다 쿠르트 뤼트겐 글/ 문성원 옮김
독일 청소년 문학상

4. 0에서 10까지 사랑의 편지 수지 모건스턴 글/ 이정임 옮김
밀드레드 L. 배첼더 상, 어린이도서연구회 권장 도서

5. 희망의 섬 78번지 우리 오를레브 글/ 유혜경 옮김
안데르센 상 수상 작가, 밀드레드 L. 배첼더 상, 머더카이 상, 아침햇살 선정 좋은 어린이 책, 중앙독서교육 추천 도서, 책교실 권장 도서, 책따세 추천 도서

6. 뤽스 극장의 연인 자닌 테송 글/ 조현실 옮김
프랑스 '올해의 청소년 책', 소르시에르 상, 어린이도서연구회 권장 도서, 열린 어린이가 뽑은 좋은 책

7. 전쟁이 끝나면 다시 만나 제니퍼 암스트롱 외 글/ 임옥희 옮김
문화관광부 추천 도서

8. 야수의 도시 이사벨 아옌데 글/ 우석균 옮김
어린이도서연구회 권장 도서, 책교실 권장 도서, 책따세 추천 도서

9. 안나 이야기 핀 글 · 파파스 그림/ 안인희 옮김

10. 초콜릿 전쟁 로버트 코마이어 글/ 안인희 옮김
미국 도서관 협회 선정 도서, 뉴욕타임스 선정 도서, 어린이도서연구회 권장 도서

11. 전갈의 아이 낸시 파머 글/ 백영미 옮김
뉴베리 상, 국제 도서 협회 선정 도서, 마이클 L. 프린츠 상, 책교실 권장 도서, 어린이도서연구회 권장 도서

12. 유리병 편지 클라우스 코르돈 글/ 강명순 옮김

13. 나의 산에서 진 C. 조지 글/ 김원구 옮김
뉴베리 상, 미국 도서관 협회 선정 도서, 어린이도서연구회 권장 도서, 열린 어린이가 뽑은 좋은 책, 책교실 권장 도서

14. 먼 산에서 진 C. 조지 글/ 김원구 옮김

15. 황금용 왕국 이사벨 아옌데 글/ 권미선 옮김

16. 소인족의 숲 이사벨 아옌데 글/ 권미선 옮김

17. 푸른 황무지 데이비드 알몬드 글/ 김연수 옮김
스마티즈 상, 마이클 L.프린츠 상, 어린이도서연구회 권장 도서

18. 차이니즈 신데렐라 애덜라인 옌 마 글/ 김경미 옮김
교보문고 추천 도서

19. 레모네이드 마마 버지니아 외버 울프 글/ 김옥수 옮김

20. 기억 전달자 로이스 로리 글/ 장은수 옮김
뉴베리 상, 보스턴 글로브 혼 북 명예상, 어린이도서연구회 권장 도서,
열린 어린이가 뽑은 좋은 책, 교보문고 추천 도서

21. 내 안의 또 다른 나 조지 E. L. 코닉스버그 글 · 그림/ 햇살과나무꾼 옮김
어린이도서연구회 권장 도서, 교보문고 추천 도서

22. 내 인생의 스프링캠프 정유정 글
세계청소년문학상, 문화관광부 교양 도서, 어린이도서연구회 권장 도서,
교보문고 추천 도서, 학도넷 추천 도서

23. 줄무늬 파자마를 입은 소년 존 보인 글/ 정회성 옮김
아일랜드 '오늘의 책', 행복한 아침독서 추천 도서, 교보문고 추천 도서

24. 이상한 나라에 빠진 앨리스 지은이 알 수 없음/ 이다희 옮김
고래가 숨쉬는 도서관 추천 도서, 교보문고 추천 도서

25. 파랑 채집가 로이스 로리 글/ 김옥수 옮김
어린이도서연구회 권장 도서

26. 하이킹 걸즈 김혜정 글
블루픽션상, 한국문화예술위원회 우수문학도서, 책따세 추천 도서, 학도넷 추천 도서

27. 다른 별에서 온 마녀 실비아 엥달 글/ 김혜원 옮김
뉴베리 명예상, 피닉스 상, 교보문고 추천 도서

28. 나는 브라질로 간다 한정기 글
황금도깨비상 수상 작가, 소년조선일보 추천 도서, 중앙일보 추천 도서

29. 키싱 마이 라이프 이옥수 글
한국문화예술위원회 우수문학도서, 어린이도서연구회 권장 도서, 교보문고 추천 도서,
전국독서새물결모임 추천 도서, 학교도서관저널 추천 도서

30. 꼴찌들이 떴다! 양호문 글
블루픽션상, 행복한 아침독서 추천 도서, 교보문고 추천 도서, 책따세 추천 도서,
경기도학교도서관사서협의회 추천 도서, 중앙일보 북클럽 추천 도서

31. 캐리의 전쟁 니나 보든 글/ 양원경 옮김
피닉스 상, 교보문고 추천 도서

32. 생쥐와 인간 존 스타인벡 글/ 정영목 옮김
미국 도서관 협회 선정 도서, 국립어린이청소년도서관 추천 도서

33. 두 개의 달 위를 걷다 샤론 크리치 글/ 김영진 옮김
뉴베리 상, 미국 어린이 도서상, 스마티즈 북 상, 영국독서협회 상 수상작,
경기도학교도서관사서협의회 추천 도서, 학도넷 추천 도서

34. 침묵의 카드 게임 E. L. 코닉스버그 글/ 햇살과나무꾼 옮김
스쿨 라이브러리 저널 선정 최고의 책, 에드거 앨런 포 상 노미네이트,
경기도학교도서관사서협의회 추천 도서, 아침독서 추천 도서

35. 빅마우스 앤드 어글리걸 조이스 캐럴 오츠 글/ 조영학 옮김
스쿨 라이브러리 저널 선정 최고의 책, 미국 도서관 협회 선정 최고의 청소년 책,
뉴욕 공립 도서관 추천 도서, 학교도서관저널 추천 도서

36. 서쪽 마녀가 죽었다 나시키 가오 글/ 김미란 옮김
소학관 문학상, 일본 아동문학가협회 신인상, 한국간행물윤리위원회 청소년 권장 도서,
어린이도서연구회 권장 도서, 아침독서 추천 도서, 책따세 추천 도서

37. 닌자걸스 김혜정 글
전국학교도서관담당교사모임 추천 도서, 아침독서 추천 도서

38. 첫사랑의 이름 아모스 오즈 글/ 정회성 옮김
안데르센 상, 제브 상

39. 포이즌 아이비 사건 에이미 G. 코스 글/ 부희령 옮김

40. 파랑 치타가 달려간다 박선희 글
제3회 블루픽션상 수상작, 학교도서관저널 추천 도서, 아침독서 추천 도서,
어린이도서연구회 권장 도서, 책따세 추천 도서, 문화체육관광부 우수교양도서

41. 피그맨 폴 진델 글/ 정회성 옮김
보스턴 글로브 혼 북 명예상, 뉴욕 타임스 선정 도서, 맥시 상,
미국 도서관 협회 선정 최고의 청소년 책, 국립어린이청소년도서관 추천 도서

42. 어쩌자고 우린 열일곱 이옥수 글
한국도서관협회 우수문학도서, 학교도서관저널 추천 도서

43. 앉아 있는 악마 김민경 글

44. 캔 커피 가타카와 유코 글/ 권남희 옮김
제44회 고단샤 아동문학상 신인상 수상 작가

45. 스카일러가 19번지 코닉스버그 글/ 햇살과나무꾼 옮김
뉴베리 상 2회 수상 작가, 학교도서관저널 추천 도서

46. 줄리엣 클럽 박선희 글
제3회 블루픽션상 수상 작가, 대한출판문화협회 선정 올해의 청소년 도서,
한국도서관협회 선정 우수문학도서

47. 번데기 프로젝트 이제미 글
제4회 블루픽션상 수상작

48. 뚱보가 세상을 지배한다 K.L. 고잉 글/ 정회성 옮김
마이클 L. 프린츠 아너 상

49. 파랑 피 메리 E. 피어슨 글/ 황소연 옮김
미국학교도서관저널, 미국도서관협회 선정 청소년 분야 '최고의 책',
학교도서관저널 추천 도서, 책따세 추천 도서

50. 판타스틱 걸 김혜정 글

제1회 블루픽션상 수상 작가, 대한출판문화협회 선정 올해의 청소년 도서, 고래가 숨쉬는 도서관 선정 도서, 한국도서관협회 선정 우수문학도서

51. 행복의 달걀 찾기 제리 스피넬리 글/ 부희령 옮김

뉴베리 상 2회 수상 작가

52. 우리들의 짭조름한 여름날 오채 글

마해송 문학상 수상 작가

53. 웰컴, 마이 퓨처 양호문 글

제2회 블루픽션상 수상 작가

⊙ 계속 출간됩니다.